L E S
EGLOGVES
D E
N. FRENICLE.

1629.

PREFACE.

VO v s qui lirez ces Eglogues ne foyez pas fi injuftes que de les bannir de votre veuë pour les moindres defauts que vous y verrez; c'eft une infirmité attachée à la condition humaine que de ne faire rien qui foit fi accompli où l'on ne puiffe toujours defirer quelque chofe, & je ferai beaucoup obligé à ceux qui ne dédaignans pas d'y exercer leur jugement donneront par leur trauail une meilleure forme à mon liure; On dit qu'Apelles tres-excellent Peintre de l'antiquité ayant employé toute fon induftrie pour donner la perfection à fes ouurages, auoit accoutumé de mettre au deffous, Apelles faifoit ce tableau, pour faire entendre que ce qu'il auoit fait n'auoit pas toutes les graces, & toute la perfection qu'il defiroit, & qu'il eftoit toujours preft d'y mettre la main, & corriger les fautes qui pourroient venir en fa connoiffance. Ic puis maintenant pratiquer le femblable, & mettre à la fin de cet ouurage, Ie faifois ces Eglogues, afin que l'on juge par là que je n'ai pas la vanité de croire que

mes vers ne puiſſent fournir de matiere à la cen-
ſure; mais qu'au contraire je ne ſuis pas encore
ſatisfait des penſées qu'ils contiennent, de leurs
inuentions, ni des graces de leur langage, & que
toutes les foïs que j'en aurai le moyen je leur dô-
nerai de nouueaux ornemans, & retrancherai
toutes les choſes qui les peuuent rendre ennuyeux, & deſagreables. Les ouurages des hommes ne montent à la perfection qu'ils peuuent
auoir que par des degrez; il faut un long trauail
pour les polir, & les arts ne ſe ſont rendus excel-
lens que par une longue ſuitte d'années: les plus
grands docteurs adjoutent tous les jours quelque choſe à leur ſauoir; beaucoup confeſſent en
leur vieilleſſe qu'ils commencent d'apprendre,
& le nombre des choſes que l'on ignore eſt toujours plus grand que de celles que l'on ſçait. Ie
ne croi point faire d'injure à ma memoire d'a-
uouër en ma jeuneſſe que je n'ai pas encore ac-
quis toutes les connoiſſances qui ſont neceſſai-
res pour faire un grand poëme; ſi cet ouurage
n'eſt pas en l'état ou je voudrois qu'il fuſt, je n'ai
pas auſſi tant de deffiance de moi-meſme que de
croire qu'il ſoit ſi defectueux, qu'il ne puiſſe
eſtre vu qu'a ſa honte; ſa matiere eſt innocente, j'en ai bani les impietez; les eſpris ſimples
pourroient s'offencer d'y voir renouueler la memoire des faux Dieux qu'adoroient les Payens,

PREFACE.

VOus qui lirez ces Eglogues ne soyez pas si injustes que de les bannir de votre veuë pour les moindres defauts que vous y verrez; c'est une infirmité attachée à la condition humaine que de ne faire rien qui soit si accompli où l'on ne puisse toujours desirer quelque chose, & je serai beaucoup obligé à ceux qui ne dédaignans pas d'y exercer leur jugement donneront par leur trauail une meilleure forme à mon liure; On dit qu'Apelles tres-excellent Peintre de l'antiquité ayant employé toute son industrie pour donner la perfection à ses ouurages, auoit accoutumé de mettre au dessous, Apelles faisoit ce tableau, pour faire entendre que ce qu'il auoit fait n'auoit pas toutes les graces, & toute la perfection qu'il desiroit, & qu'il estoit toujours prest d'y mettre la main, & corriger les fautes qui pourroient venir en sa connoissance. Ie puis maintenant pratiquer le semblable, & mettre à la fin de cet ouurage, Ie faisois ces Eglogues, afin que l'on juge par là que je n'ai pas la vanité de croire que

mes vers ne puiſſent fournir de matiere à la cen-
ſure; mais qu'au contraire je ne ſuis pas encore
ſatisfait des penſées qu'ils contiennent, de leurs
inuentions, ni des graces de leur langage, & que
toutes les foïs que j'en aurai le moyen je leur dō-
nerai de nouueaux ornemans, & retrancherai
toutes les choſes qui les peuuent rendre ennuyeux, & deſagreables. Les ouurages des hommes ne montent à la perfection qu'ils peuuent
auoir que par des degrez; il faut un long trauail
pour les polir, & les arts ne ſe ſont rendus excel-
lens que par une longue ſuitte d'années : les plus
grands docteurs adjoutent tous les jours quelque choſe à leur ſauoir; beaucoup confeſſent en
leur vieilleſſe qu'ils commencent d'apprendre,
& le nombre des choſes que l'on ignore eſt toujours plus grand que de celles que l'on ſçait. Ie
ne croi point faire d'injure à ma memoire d'a-
uouër en ma jeuneſſe que je n'ai pas encore ac-
quis toutes les connoiſſances qui ſont neceſſai-
res pour faire un grand poëme; ſi cet ouurage
n'eſt pas en l'état ou je voudrois qu'il fuſt, je n'ai
pas auſſi tant de deffiance de moi-meſme que de
croire qu'il ſoit ſi defectueux, qu'il ne puiſſe
eſtre vu qu'a ſa honte; ſa matiere eſt innocente, j'en ai bani les impietez; les eſpris ſimples
pourroient s'offencer d'y voir renouueler la memoire des faux Dieux qu'adoroient les Payens,

ſi quelqu'un étoit encore a ſauoir qu'on ne les
prend le plus ſouuent que pour les choſes meſ-
mes que les anciens penſoient receuoir d'eux, &
que notre poëſie les repreſente comme des fa-
bles qui cachent ou des moralitez ou des ſçien-
ces: inuoquer Apollon, & les Muſes, n'eſt autre
choſe qu'exciter la puiſſance qui eſt en nous de
faire des vers, & l'antiquité nous ayant laiſſé de
grands témoignages des excellentes qualitez de
ceux qu'elle appelle Dieux, lors que nous vou-
lons eſtimer les merites de quelque homme qui
eſt hors le commun, nous le comparons aux
Dieux, comme voulans dire qu'il eſt autant au
deſſus du vulgaire que ces deïtez étoient repre-
ſentées au deſſus des hommes ; & nous lui donnons des temples & des autels, qui ne repreſen-
tent autre choſe que les marques d'hōneur que
l'on doit à la memoire des grands perſonnages
pour en conſeruer le ſouuenir à la poſterité. Ie
croi que les plus religieux n'auront pas ſujet en
cela de me blamer, & que les plus chaſtes oreilles ne ſeront point bleſſées au recit des auentures que je raconte, les amours que je décris dans
ces vers ſont juſtes, & Venus n'y peut auoir une
mauuaiſe penſée ſans rougir : je repreſente des
paſſions que les lois d'un ſaint himenée ont au-
toriſées, & Daphnis, & Collirée ſont comme
vne peinture de toutes les delices, & de toutes

PREFACE.

les peines que l'on peut receuoir d'une legitime
amour. Il feroit fuperflu d'adjouter à cette Pre-
face le fujet entier de toutes mes Eglogues ; leur
fuitte le fera affez pareftre , & chacune ayant
fon argumant à part , ce ne feroit que répeter les
mefmes chofes. Tout ce qui me refte, c'eft de
faire des vœux pour la gloire de ma poëfie ; que
cet art qu'n'a point d'autre but que de plaire, &
de profiter à ceux qui le cheriffent n'ait point
d'ennemis à mon occafion ; que mes vers fe ren-
dent fameux parmi les beaux efpris ; que leur
durée n'ait point d'autres limites que celles du
monde, & que le bruit qu'ils auront ne foit non
plus enuié que j'enuie celui des autres.

A N. FRENICLE, CONSEILLER
du Roy en sa Cour des Monnoyes,
sur ses Eglogues.

Lvmiere de notre âge, esprit incomparable
Dont l'ouurage ternit le lustre des plus vieux,
Après tant de trauaux qui lasseroient les Dieux
Votre nom à jamais doit estre memorable.

  Non moins que l'vniuers ce beau liure durable
S'en va pour votre gloire exposer a nos yeux
Toutes les qualitez dont la grace des cieux
Pouuoit rendre icy bas vn mortel adorable.

  Cette œuure le miroir des fidelles Bergers
Se pourroit justemant comparer aux vergers
Si comme elle a des fleurs, elle auoit des espines:

  Rien ne peut resister à ses termes flateurs,
Et si mon Apollon sçait les choses diuines
Les Dieux parlent ainsi sous l'habit des Pasteurs.

MALLEVILLE.

POVR LE MESME.

Ialouse passion dont la mortelle atteinte
Outrage sans respect les plus doctes esprits
Admire cet ouurage, & confesse qu'Aminte
Ne peut estre repris.
La beauté de ses vers ou sa flame est dépeinte,
Et les diuins apas de celle qui l'a pris
Nous charmant de plaisirs l'exante de la crainte
Qu'on blâme ses écris.
Vn mirthe toujours verd marque de sa victoire
Couronnera son front de l'éternelle gloire
Qu'on lui voit meriter,
Et si ce beau trauail dont notre ame est rauie
Inspire dans nos cœurs une secrette enuie
Sera de l'imiter.

DESLANDES,

Fautes en l'Impreßion des Eglogues.

page.	vers.	fautes.	corrections.
5	14	chantes	chante
27	20	voulu	voulut
47	2	qu'elle	quelle
54	21	ſa	ſon
84	4	ſouuage	ſauuage
90	26	amable	aimable
94	4	ſoin	ſoins
103	12	mecontentes	mecontente
151	9	murmurant	murmura
160	5	ce	ces
167	12	put	puſt
168	22	qui	que

LES EGLOGVES
DE N. FRENICLE.

SONGE.

ARGVMANT.

AMINTE ayant entrepris de chanter les faits he-
roïques des hommes illuftres, médiroit dans
une agreable folitude fur les moyens de venir a bout
d'un fi beau deffein, lors que s'étant endormy à l'ombre d'un arbre durant la grande chaleur du jour, il
fongea que l'Amour s'aparoiffoit à lui en habit de
pafteur, & le perfuadoit de chanter les victoires qu'il
gagne fur les cœurs innocens des bergers, & laiffer
les trophées du Dieu Mars; à fon réveil il y confen-
tit, & donna commencemant à ces Eglogues par fa
vifion.

AMINTE.

A Greable campagne, antres, bois, & ruiffeaux,
Bergeres, & Bergers, flûtes, & chalumeaux
Qui rauiffez mes fens de vos douces merueilles,
C'eft a vous maintenant que je donne mes veilles.

A

J'auois pris la trompette, & le nom de mon Roi
Entre mille lauriers paroissoit deuant moi:
Dans le bois de Boulogne, ou sur les bords de Seine
D'un si digne sujet j'entretenois ma veine
Le mieux que je pouuois j'ordonnois mon dessein;
Apollon m'auoit mis ses feux dedans le sein;
Les Muses me suiuoient d'alegresse comblées
Que pour un si grand Roi je les eusse apelées;
Tout rioit à ma plume, & j'auois une ardeur
Qui sembloit égaler la royale grandeur.
Déja je commençois à parler de la guerre
Où d'un bras vigoureux il lança son tonnerre
Contre ces fiers Geans qui meprisans les Dieux
Esperoient pour butin la conqueste des Cieux:
Piqué jusques au vif du desir de la gloire
En suite dans mes vers j'eusse tracé l'histoire
De cent fameux guerriers dont les faits glorieux
Ont calmé la fureur de nos seditieux;
Mais l'Enfant de Venus qui comãde aux Rois mesmes
Abaissant à ses pieds l'orgueil des diadêmes
Rompit ce beau dessein dès son commencemant,
Et me charma les sens d'un dous enchantemant.

　　La chaleur etoit grande; on ne voyoit plus d'ombre;
Le bois auoit à peine un endroit assez sombre
Pour ne pas receuoir les rayons du Soleil:
Ie me trouuai saisi doucemant du sommeil
A la fraicheur d'un orme où l'agreable Flore
Arestoit le Zephir qui soupiroit encore:

Alors il me sembla que je voyois l'Amour
En habit de berger dedans ce beau sejour :
O que je fus raui ! sa peau tres-delicate
Sembloit mesler l'albastre auecque l'écarlate;
Ses membres potelés paroissoient embelis
De tout ce qu'ont de beau les œillets, & les lis;
Sa teste à filets d'or de cent rubans parée
Auoit son ornemant des mains de Cytherée;
Les Graces auoient fait le bandeau qu'il portoit;
L'or parmi les saphirs viuemant éclatoit
A chaque mouuemant qu'il faisoit de ses ailes,
Cent diuerses couleurs auoient dispute entre elles
A qui feroit mieux là paroistre sa beauté;
Tout l'air étoit rempli de sa diuinité,
Et pour lui le Soleil augmentoit sa lumiere ;
Il auoit échangé sa trousse en panetiere;
La molle Volupté compagne de ses pas
Etalant deuant elle un million d'apas
Seruoit comme de guide , & portoit sa houlette;
Il auoit mis ses trais dans les yeux de IANETTE,
Et lors n'ayant le cœur qu'a jouër, & dancer
Montroit que son dessein n'étoit pas d'offancer;
Le jeu de cornemuse étoit son exercice,
Sa main legeremant dessus les trous se glisse,
Et par plusieurs acords multipliant les sons
Atire les rochers à ses douces chansons.
Vn peu plus loin je vi des bergers à sa suite
Dont l'ardeur témoignoit qu'ils aimoiët sa conduite;

A ij

Les bergeres après marchoient plus lentemant,
Qu'elles auoient d'attrais ! leur nombre seulemant
Empéchoit qu'on ne crust qu'elles fussent les Graces;
Les unes qui d'aller paroissoient estre lasses
Cueilloient de belles fleurs; les autres a l'écart
Dans un triste maintien s'entretenoient à part
Tandis qu'une autre bande aux plaisirs adonnée,
Et que ce Dieu n'auoit que de fleurs enchaînée,
Se tenant par les mains d'un égal mouuemant
Laissoit aller ses pas au ton de l'instrumant.
    Lors que tout eut fait montre Amour chef de la bãde,
Faignant de suplier à l'heure qu'il commande,
M'adressa sa parole, & me reprit ainsi:
Qu'en vain à ton esprit tu donnes de souci!
Quels biens esperes-tu de ce penible ouurage
Où ta veine entreprend de tracer un image
A ces Dieux de la Cour indontables guerriers
Qui viuent pour la gloire à l'ombre des lauriers?
Et par dix mille vers placer LOVIS LE IVSTE
Comme victorieux bien au dessus d'Auguste?
Laisse ces hauts desseins ausquels il est fatal
D'enuoyer leurs auteurs mourir à l'hospital;
Si le Roi veut qu'un jour tu chantes ses trophées,
Alors suiuant le bal de ces neuf belles Fées
Dont les doctes chansons donnent l'éternité,
Il faudra reciter à la posterité
Dans un œuure qui donne à chacun de l'enuie
Les gestes glorieux de son illustre vie,

Et portant ton esprit aux merueilles des Cieux
Mettre un si grãd Monarque au rãg des autres Dieux;
Mais atends qu'ils commande à ta plume d'écrire,
Et tandis je t'inuite à loüer mon empire;
Rends ma puissance illustre, & fais que les humains
Fassent gloire des coups de mes petites mains:
Que cette belle Nimphe à qui tu fais hommage
Comme une Deité paroisse en ton ouurage;
Décris de quelle grace elle gagne les cœurs,
Et de cõbien d'amãs ses beaux yeux sont uainqueurs:
En promenant ta Muse au milieu des prairies
Contemple mes bergers qui sans afeteries
Declarent les ennuis dont ils sont tourmentez;
Chantes leurs passions, & leurs naiuetez;
Conte les chers baisers que donnent leurs Maistresses;
Voi la peine qu'ils ont d'obtenir ces caresses;
Encor que tous leurs cœurs soient blessez viuemant
Chaque bergere veut éprouuer son amant,
Et ne découure pas legeremant la flame
Que mon diuin flambeau cause dedans son ame.
Trauaille cher AMINTE, & je promets qu'un jour
Tu cueilleras les fruits de ta fidelle amour.

   Il parla de la sorte, & la plainte mourante
Que faisoit dans ce bois une fidelle Amante
En sursaut m'éueilla; le trouble me surprit;
Tantost ma vision me venoit en l'esprit
En la mesme façon que je l'auois songée,
Et tantost j'écoutois la Bergere affligée:

Pour entreprendre trop je trauaillois en vain;
Mon efprit agité demeuroit incertain
Si je croirois l'Amour, ou s'il faloit pourfuiure
De tracer tant d'exploits aux feuillets de mon liures
Mais à la fin l'Amour demeura le vainqueur,
Et gagna mon efprit auſſi bien que mon cœur;
Ie laiſſai pour un temps ma premiere entreprife;
D'une nouuelle ardeur mon ame fut éprife:
I'écoutai foupirer cette jeune Beauté
Qui pleuroit fon Amant qui s'étoit abfenté:
Telle que je la vi trifte, & déconfortée
Elle fut dans mes vers au vrai reprefentée:
Ie commençai par là d'obeir à l'Amour,
Et deuenu berger loin du fard de la Cour
Ie pris dedans les champs la fimple cornemufe
Qui m'a ferui depuis à careſſer la Mufe.

E G L O G V E   I I.

A R G V M A N T.

DAPHNIS étoit forti de fon vilage fans qu'aucun s'en-fuft aperceu : COLLIRE'E qui en
étoit amoureufe ne pouuant viure fans le voir le chercha plufieurs jours inutilemant: en fin laſſée elle s'ar-
refta fur les bords de la riuiere de Seine, où fe laiſſant
emporter à fa paſſion elle fut trois jours à pleurer
continuellemant n'ayant pour retraite que le bois de

Boulogne; & après bien des souspirs, saisie de trop
de facherie, elle s'évanouit.

Colliré́e.

L'Aurore a par trois fois couuert ces prez de fleurs
  Depuis que sãs relâche on me voit fõdre en pleurs:
La fuite de Daphnis me mèt hors de moi-mesme ;
Ie souffre à son sujet une douleur extrême ;
Vn tourmant plus cruel ne se peut éprouuer ;
Ie l'ai cherché par tout sans le pouuoir trouuer ;
Dans la plaine voisine, & dessus ces riuages
On ne voit point de bois, ni d'antres si sauuages
Que je n'i sois entrée apelant par trois fois
L'incomparable Amant qui me tient sous ses lois:
La malheureuse Echo répondoit en sa place ;
Pensant à son destin je deuenois de glace,
Et craignois justemant me voyant sans secours
Qu'une pareille fin ne terminast mes jours ;
Mais à de plus grands maux le Ciel m'a reseruée,
Et de cèt accident je ne me suis sauuée
Que pour faire à la fin en ce lieu mon tombeau
M'écoulant toute en pleurs sur le bord de cette eau,
Car loin de mon Daphnis je ne sçaurois plus viure ;
Et dedans les assauts que la Parque me liure
Ce qui plus me trauaille, & me comble d'ennui
C'est qu'il ne connoist pas que je me meurs pour lui.
  Grand Oeil de l'uniuers, nompareille Lumiere,
Beau Soleil qui vois tout dans ta longue cariere

Ne sçais-tu point le lieu qui retient mon Amant?
Ie reçoi tant d'ennui de son éloignemant,
Et tellemant sa perte aux regrets me conuie
Que je l'irois chercher au peril de ma vie;
La peine, & le trauail ne me couteroient rien
Pourueu qu'enfin je puße obtenir tant de bien
Après auoir erré sur la terre, & sur l'onde
Que ae trouuer celui qui me plaist seul au monde.
La lumiere a dix fois paru sur l'oriZon
Depuis que mon DAPHNIS *a quité sa maison,*
Et qu'on ne dance plus dans ces lieux à la Lune
Comme si cette perte étoit à tous commune;
Son pront depart a mis les plaisirs au cercueil,
Et semble que ces prez se soient vestus de dueil;
Leur couleur est moins vrue, ou le mal que j'endure
Pour le moins de la sorte à mes yeux le figure.
Tel qu'on peut voir un Ange étalant à nos yeux
La pompe, la richeße, & la beauté des Cieux,
Qui presque au mesme tēps qu'on l'auroit vu paroistre
Nous osteroit sa veuë, & sans qu'on pust connoistre
Ce qu'il deuiendroit lors, se perdroit dedans l'air
D'un mouuemant plus pront que ne fait un éclair.
Tel celui que l'Amour a mis dedans mon ame,
Et pour qui maintenant je suis toute de flame
C'est derobé de nous sans qu'on ait reconnu,
Quelque soin qu'on ait pris, ce qu'il est deuenu.
　　Nimphes qui dans ces prez faites votre demeure
Où la douceur du bal vous ocupe à toute heure,

Et

Et vous Nimphes des bois qui dans ce beau ſejour
Reſſentez comme moi la puiſſance d'Amour ;
Ou vous qui commandez aux ondes de la Seine
Ne l'auez-vous point vu cèt auteur de ma peine?
Ne vous étonnez pas que je le cherche ainſi ;
Ce n'eſt pas ſans raiſon que j'en ai du ſouci ;
La Nature jamais ne fit un tel ouurage ,
Et les Dieux n'ont point eu de plus parfaite image ;
Vous n'auez jamais eu de fleurs deſſus vos bords
Qu'on puiſſe comparer aux beautez de ſon corps :
Son poil pour la couleur à du cedre reſſemble ;
Le vermeil, & le blanc ſe diſputent enſemble
A qui ſur ſon viſage aura le plus d'éclat,
Mais le vermeil ſurmonte en ce petit combat ;
Il eſt adroit, & grand, & dans notre vilage
Il a ſur les bergers un pareil auentage
Que l'aulne a ſur le ſaule, & parmi nos troupeaux
Sur celle des beliers la force des toreaux ;
Sa bouche à le parler de l'Eloquence meſme ;
Il n'eſt point en ce lieu de fille qui ne l'aime,
Auſſi qui peut nier qu'il n'eſt rien de plus beau?
Tout le monde eſt raui quand de ſon chalumeau
Il parle à ſes brebis dedans le paturage ;
Il ſemble que ſes yeux renouuellent l'herbage,
Et pour le ſurmonter on diroit que les fleurs
Prennent en le voyant de plus viues couleurs :
Tel étoit Apollon quand il prit la houlette
Pour garder les troupeaux que poſſedoit Admette,

B

Et tel ce beau Chaſſeur qui d'un clin de ſes yeux
De Mars, & de Venus ſe fit victorieux,
Mais que je parle en vain ! que je ſuis abuſée !
Peut-eſtre mon diſcours vous ſert-il de riſée,
Et vous moquant de moi comme de mon ennui
Nimphes ſecretemant vous joüiſſez de lui.

   Ainſi dit COLLIRE'E, *& de douleur atteinte*
Elle tomba pâmée au milieu de ſa plainte ;
Son chien qui prenoit garde à ſon petit troupeau
Auſſi-toſt qu'il la vid giſante au bord de l'eau
Courut pour la defendre, & comme en ſentinelle
Empéchoit qu'on ne vint auprès de cette belle :
Cependant ſes brebis à la merci des loups
Au thin qu'elles paiſſoient ne trouuoient rien de dous,
Et bélant, ce ſembloit, auec de la triſteſſe
Plaignoient l'afliction de leur belle Maitreſſe.

EGLOGVE III.

IANETTE, ME'LINTE, ISABELLE, AMINTE.

ARGVMANT.

DEux Bergeres accompagnées de leurs Bergers
s'étoient retirées dans vn bois, pour éuiter la
grande chaleur ; ces deux jeunes Amans chantent à
l'auantage de leurs Maitreſſes, & chacun ſoutient
que la ſienne eſt la plus belle ; à la fin de la diſpute ils
reçoiuent des baiſers, & ſont embraſſez de ces bel-

les Bergeres pour recompence de les auoir si bien
loüées, & comme tous quatre ils s'en-retournoient
ils apprirent les nouuelles de l'éuanoüiſſemant de
COLLIRE'E.

IANETTE.

Il faut atendre ici que le chaud ſoit paſſé;
Voi-ci de tout le bois l'endroit le mieux placé
Pour découurir de loin les beautez de la pleine;
D'ici nous pouuon voir les riues de la Seine
Que Surêne, & Saint Cloud font de tous admirer;
C'eſt là que les troupeaux s'iront deſalterer;
Ici de mille fleurs la terre eſt parſemée;
Le bois nous couure tout de ſa verte ramée:
Ici le roſſignol caché dans les rameaux
Impoſe le ſilence au reſte des oyſeaux.

ISABELLE.

Ma compagne il eſt vrai, cette place eſt pouru=eüe
De tout ce qu'on ſouhaitte au plaiſir de la veüe;
Il ne nous faudroit plus qu'une excelente vois
Pour dire ta loüange aux Nimphes de ces bois.

ME'LINTE.

Ami pour ſatisfaire au deſir de ces belles
Fais-nous entendre ici tes chanſons immortelles.

B ÿ

AMINTE.

Ah! quelle humeur te porte à te rire de moi?
Ie ne parois plus rien quand je suis près de toi;
Pourtant puis qu'à chanter tu m'es venu semondre
Commance le premier je suis prest à répondre:
Mais regarde ce train, qu'il va pompeusemant!
Contemple ce grand Prince, il semble assurémant
Que ce soit quelque Dieu qui près de ces bocages
Vueille de sa presence orner nos paturages.

MÉLINTE.

Tu ne te trompes pas, car, Berger, c'est un Dieu,
C'est notre grand LOVIS, il cherche quelque lieu
Qui soit propre à la chasse, & fuyant les delices
Va montrer son adresse en ces beaux éxercices.

AMINTE.

Déja tout l'vniuers parle de sa grandeur;
Rien ne peut égaler l'incomparable ardeur
Dont en ses actions il cherche de la gloire,
Et de se rendre illustre au temple de Memoire.

MÉLINTE.

Que le Dieu des combas le couure de lauriers,
Et qu'il oste la palme aux plus fameux guerriers.

A Minte.

Il paſſe outre, Me'linte, & tu peux ſans remiſe
Commencer ſi tu veux notre belle entrepriſe.

Me'linte.

Belles Nimphes des prez qui le long de ces bords
Dans la Seine mirez la beauté de vos corps,
Et vous ſujets d'Amour, Bergers les plus fidelles
Confeſſez que ma Nimphe eſt la Reine des belles;
Celles que vous ſeruez près d'elle ſans apas
Perdent toute leur pompe, ou ne paroiſſent pas:
Ainſi diuin Soleil deuant toi les étoiles
Se trouuent ſans éclat, & ſe couurent de voiles:
Mon Dieu que ſes atrais agiſſent puiſſamant:
Ie me trouue raui d'y penſer ſeulemant,
Et mes feux augmentez renouuellant mes plaintes
Redonnent à mon cœur de nouuelles ateintes:
Isabelle n'a rien qui ne ſoit nompareil;
Ses yeux me plaiſent plus que ne fait le Soleil,
Et ces viues couleurs que pour plaire à Cephale
Aus portes d'Orient la belle Aurore étale
N'ont rien de comparable à ſon teint delicat;
Son viſage eſt ſi beau, ſa gorge à tant d'éclat
Qu'on ne peut pas la voir ſans deuenir eſclaue;
Sa parole eſt ſi douce, & ſon geſte ſi graue

Qu'il semble que ce soit quelque diuinité,
La Seine ne voit point de plus rare beauté,
Et l'Amour n'a jamais tant fait craindre ses armes
Que depuis qu'il se sert de ses aimables charmes:
Que la Grece perdit quand le sort enuieux
Déroba pour jamais ce bel Ange à ses yeux!
Elle eut moins de sujet d'entreprendre la guerre
Lors qu'Helene par force abandonna sa terre
Qu'elle n'a maintenant pour se reuoir encor
L'honneur de posseder un si riche tresor;
Mais le Ciel a voulu qu'elle n'ait pris naissance
Que pour seruir de gloire aus campagnes de France,
Et peut-estre l'Amour mon aimable vainqueur
Qui sçait la pureté qui se trouue en mon cœur,
Et que je n'ai jamais sa suite abandonnée
L'auoit pour recompance à ma foi destinée.
Vous que son beau visage à réduits en langueur
Ne croyez que pour tous elle ait de la rigueur;
Tandis que ses mépris vous donnent du martire
Le plaisir dans mon cœur établit son empire;
Tous deux en mesme lieu nous menons nos troupeaux,
Puis retirez à part dessous des arbrisseaux
Ainsi qu'au siecle d'or sans aucune feintise
Nous décelons le feu dont notre ame est éprise,
Ce n'est pas sans goûter la douceur d'un baiser;
Toujours de plus en plus je me sens embraser,
Et comme demi-mort, & prest de rendre l'ame
Durant ces priuautez heureusemant je pâme:

Promenant ses beaux yeux sur les riues de l'eau
Elle cueille des fleurs pour me faire un chapeau;
Plus elle en a cueilli plus on en voit paroistre;
La terre deuant elle en fait d'autres renaistre:
En ces dous passetemps nous employons le jour,
Et le soir qui suruient nous oblige au retour;
Nous contons nos brebis; un baiser nous sépare:
Ie voi chacun loüer une amitié si rare,
Et tout le monde dit que ma felicité
Ne se peut égaler non plus que sa beauté.

Aminte.

Berger dès que l'Amour a captiué notre ame,
Et que tout notre cœur est épris de sa flame,
Eleuant dessus nous ses bras victorieux
Il ne manque jamais de nous voiler les yeux:
Alors notre raison n'est que par lui conduite;
Dessous ses pesans fers la franchise est reduite,
Et nous donnons toujours le pris de la beauté
A l'aimable prison de notre liberté:
Mais si la passion te permet de le croire
Chacun tient que Ianette emporte la victoire
Sur les perfections de ta chére Isabeav;
Dedans tout ce païs il n'est rien de plus beau;
Mélinte tu le sçais, sa grace sans seconde
Sçait atirer à soi les yeux de tout le monde;
Les plus gentils bergers la voyant aprocher
Quelques polis qu'ils soient ne peuuent s'empescher

De quiter l'entretien de ta douce ISABELLE
Pour auoir le bon-heur de cauſer auec elle :
Bel Aſtre de ces lieux n'entrez pas en courous
Si je di que ma Nimphe a plus d'apas que vous,
Vous-meſme le ſçauez qui priſtes bien la peine
De le voir l'autre jour dedans une fonteine
Lors qu'ayant admiré l'éclat de mon Soleil
Vous viſtes ſi le vôtre étoit au ſien pareil :
Sa douceur innocente, & loin de toute feinte
Me fait plus de faueurs que n'a de vous ME'LINTE;
O que ſes chers baiſers me donnent de plaiſirs !
Leur nombre me rauit l'uſage des deſirs ;
Ie perds le ſouuenir, & le ſoin du ménage ;
Ie me tien le premier de tout notre vilage,
Et raui d'un tel heur auec impieté
Ie penſe eſtre ici-bas quelque diuinité :
Mais, ô Dieux immortels, excuſez cette ofance
Puiſque vous connoiſſez de quelle violance
Mon eſprit amoureux eſt par elle agité,
Et quel eſt le pouuoir d'une telle beauté ;
Lors que d'une careſſe elle éxcite ma flame·
Il n'eſt rien de pareil aux tranſports de mon ame;
Ce ne ſont que ſermans d'une éternelle amour ;
Entre mille douceurs nous paſſons chaque jour ;
Le ſoir qui nous oblige à quiter la prairie
Pour mettre nos moutons dedans la bergerie
Ne nous ſepare pas, Amour notre vainqueur
Permet qu'inceſſammant je demeure en ſon cœur.

Mélinte

Ma Bergere en beauté surpasse autant la tienne
Que ta chanson paroist plus douce que la mienne;
Confesse-le MÉLINTE, *& ne refuse pas*
L'hommage que tu dois à ses puissans apas.

ISABELLE.

Mon Berger, mon souci, dous chantre de ma gloire
Reçoi cette couronne en signe de victoire.

IANETTE.

AMINTE *approche toi, je veux fauoriser*
A cause de son chant, ta bouche d'un baiser.
  Ainsi ces quatre Amans sans crainte de l'enuie
Iouïssoient dans vn bois des plaisirs de la vie;
Alors chaque Bergere embrassa son Berger
Se laissant par l'Amour doucemant engager
A le baiser cent fois pour seruir de salaire
Au dous soin que sa bouche auoit pris de lui plaire;
Ces Bergers eurent là tous les contentemans
Que la loi de l'honneur peut permettre aux amans;
Mais toujours les plaisirs sont suiuis de tristesse;
Comme ils s'en retournoient auec de l'allegresse
Ils virent un Pasteur qui tout baigné de pleurs
Par ses gestes montrant d'excessiues douleurs
Leur dit en quel état la belle COLLIRÉE
Étoit sans mouuemant près-de-la demeurée.

EGLOGVE IV.

LA NIMPHE DE SEINE. COLIRE'E. ARCAS.

ARGVMANT.

IL y auoit long-temps que COLLIRE'E étoit éuanoüie, quand MELIS qui auoit pris le foin de fon troupeau depuis fon afliction, s'en aperceut; auffi-toft elle s'écria, & au bruit qu'elle fit, la Nimphe de la Seine qui lors entretenoit fes compagnes fit pareftre fa tefte au deffus de l'eau, & fortit pour la fecourir : étant-reuenuë de fa pamoifon elle plaignit encore l'abfence de DAPHNIS, & la Nimphe l'obligea à lui conter fes amours.

LA trifte COLLIRE'E étoit au bord de l'eau ;
MELIS qui conduifoit pour elle fon troupeau
Depuis qu'un mauuais fort l'auoit déconfortée
S'étoit lors de fa veüe un petit écartée
Afin d'entretenir TARCIS fon beau berger,
Et de quelque propos fon ame foulager ;
Si bien que fans fauoir une telle auenture
Elle aprend les ennuis que fon TARCIS endure,
Et trop peu foucieufe elle ne fonge pas
Que fa chere compagne eft proche du trépas ;
A faute de fecours elle euft perdu la vie
Sans quelque bon Démon qui fit crier SILVIE
Contre deux puiffans loups qui guétoïet fes aigneaux ;
Par tout chaque berger eut l'œil à fes troupeaux ;

ME'LIS *qui se leua vid lors toute éperduë*
La moitié de son cœur sur le sable étenduë:
Telle on voit une fleur à terre se pancher
Quand la gresle, & le vent ont osé la toucher,
Et telle étoit Didon lors que sa destinée
L'obligea de mourir pour la perte d'Aenée.
Qu'est-ce que tu deuins pitoiable ME'LIS?
Tu trembles, tu gémis, tu pleures, tu palis; •
Des accens de ta vois les riues retentirent,
Et du profond des eaux les Naiades t'ouïrent:
La Nimphe de la Seine au milieu de ses sœurs
Dedans leur entretien goûtoit mille douceurs,
Et leur contoit pour lors qu'autrefois son visage
Plut au fils de Semele, & le mit en seruage:
Bachus, ce disoit-elle, en Bourgogne passant
Sur vn tapis de fleurs me vid un soir dançant;
Il demeura raui, son cœur fut tout de flame,
Et la raison cessa de gouuerner son ame;
Ce Dieu qui ne sçait pas l'art de dissimuler
Vint de sa passion aussi-tost me parler;
Depuis il fut toujours à me faire la guerre;
Quelquefois couronné de pampre, ou de lierre,
Le visage vermeil, les cheueux anelez,
Et monstrant demi-nus ses membres potelez,
Il me venoit conter le sujet de sa peine;
Mais quoi qu'il fust tres-beau sa poursuite fut vaine;
Mon cœur ne put jamais se résoudre à l'aimer;
Il vid bien que ses feux ne pouuoient m'enflamer

C ÿ

Plus il auoit d'ardeur, & plus j'auois de glace;
Il auoit beau vanter la grandeur de sa race,
Et combien de pays auoient receu sa loi,
Toutes ces vanitez ne pouuoient rien sur moi:
Après beaucoup de temps il lui vint en pensée
Que ma pudicité vouloit estre forcée;
Vn jour que j'étois seule il pensa m'atraper,
Déja n'esperant plus me pouuoir échaper
Ie reclamai Diane, & de frayeur ateinte
Iusques à son sejour je fis aller ma plainte:
Mes vœux furent ouis; il vouloit m'embrasser
Quand il sentit mon corps dedans ses mains glisser;
En eau je fus changée, & fleuue deuenuë
Toujours contre Bachus ma haine continuë.

Quelque autre étrange histoire eust suiui ce discours
Si la vois de MELIS n'en-eust rompu le cours;
La Nimphe qui l'ouït fit voir sa teste blonde
Auecque majesté sur la face de l'onde;
Le triste objet qu'elle eut la toucha viuemant
Elle voulut aussi secourir prontemant
Celle qui de douleur gisoit sur son riuage;
Son onde se fendit pour lui faire passage,
Tout le Chœur de ses sœurs après elle marcha;
Dès que sa belle main la bergere toucha
On la vid reuenir, elle ouurit la paupiere,
Et comme en frissonant jouit de la lumiere;
L'absence de DAPHNIS fut son premier propos;
Quel ennemi, dit-elle, a troublé mon repos?

Hélas mon beau Berger je n'aime point la vie
Depuis que ta presence à mes yeux est rauie.
Le dernier mot à peine étoit bien prononcé
Quand la seconde fois son œil s'est éclipsé;
La Nimphe rejetant de l'eau sur son visage,
Rendit l'ame à son corps, & lui tint ce langage.

LA NIMPHE.

Mignonne qu'elle rage infecte ta raison?
Ton esprit est-il las de si belle prison?
Et crois-tu qu'aux enfers tu sois moins miserable?
C'est là qu'on ne voit rien qui ne soit déplorable;
L'entrée en est facile, & non pas le retour;
Tiens tes desirs en bride, & régle ton amour;
Cesse d'entretenir ta douleur infinie,
Bergere il faut laisser cette lasche manie;
A la bonté des Dieux il te faut recourir,
Et non au desespoir qui te porte à mourir;
Peut-estre ce beau fils cause de ta misere
Doit reuenir ici plutost que l'on n'espere.

Cette Nimphe mit fin à ses graues discours
Obligeant COLLIREE à conter ses amours;
Elle d'autre costé de merueille rauie
Qu'une Diuinité lui vint sauuer la vie
Remercia la Nimphe, & regardant les Cieux
Commança d'esperer en la faueur des Dieux
Qui sans quelque sujet ne prenoient pas soin d'elle,
Puis conta de la sorte une amitié si belle.

ECLOGVE IV.

COLLIRE´E.

Faut-il que mon difcours renouuelle mes pleurs?
Que je redife encor mes extrêmes douleurs?
Et fans humanité que moi-mefme j'effaye
De remettre le fer plus auant dans ma playe?
Bien que j'aye une horreur de mes ennuis paffez,
Et de conter des maux que chacun fçait affez,
Grande Nimphe pourtant pufque c'eft votre enuie,
Quand ce trifte recit me couteroit la vie
Que vous m'auez fauuée, aprenez mes erreurs,
Et combien un enfant m'a causé de fureurs.
I'étois bien jeune encore au temps que le vifage
De mon gentil Berger me gagna le courage,
Et lui-mefme pour lors ne paffoit pas quinze ans;
Mais il auoit déja des difcours fi plaifans,
Vne mine fi douce, & tant de mignardife
Qu'enfin fans le fauoir je perdi ma franchife;
Sans connoiftre les lois, ni l'empire d'Amour
Nous nous entretenions tant que duroit le jour;
Il euft pour moi quité toutes les autres filles;
Il auoit parmi nous des façons fi gentilles
Que fes yeux n'ont rien vu qu'ils ne puffent charmer;
Il fembloit n'eftre né que pour fe faire aimer;
Auffi je connu bien qu'une jaloufe enuie
En opofoit beaucoup au bon-heur de ma vie;
Ie ne manquois jamais ni de fleurs, ni de fruit,
Mais à la fin ma mére en ouit quelque bruit,

Elle me tire à part, me fait des réprimandes;
Il me falut répondre à dix mille demandes;
On me defend de voir cet aimable Berger;
Mon âge n'étoit pas dificile à ranger,
Il m'y falut refoudre, & je cru ce vieux conte
Que les feux de l'Amour s'acompagnent de honte:
Helas mon cher DAPNIS je ne te cherchai plus;
Tes foupirs infinis furent lors fuperflus;
Mon amour s'amortit au moins en aparance;
Toutes mes actions n'étoient qu'indifcrance,
Et quoi que ton pourtrait fuft toujours en mon cœur
Ie n'ofois declarer qu'Amour fuft mon vainqueur.
Deux ans s'étoient paffez depuis que la fortune
Nous donnoit à tous deux une peine commune;
Vn jour trop peu foigneufe à garder mes troupeaux
Ie perdi deux brebis auecque leurs aigneaux,
Mon cher Amant le fçeut qui pour m'ofter de peine
Fit tant qu'il les trouua fur la riue prochaine;
O Dieux qu'il fut content! il vint me l'anoncer;
Et me laiffant baifer pour le recompanfer
Ie le vi tout ému ne me pouuoir rien dire;
Receuant mes brebis je me mis à fourire;
Enfin par un difcours qui m'émut a pitié
Il m'entretint long-temps de fa ferme amitié.
Mais ô puiffante Nimphe à quoi tant de paroles?
Qui vous peut agréer en ces contes friuoles?
Mon cœur à tant de feux s'aluma prontemant,
Et lors je confenti d'aimer fecretemant:

Ie tairai les trauaux , & la longue misere
   Que m'ont fait endurer les rigueurs de ma mere ;
Comme dessus vos bords nous voyons ariuer
Tous les ans le printemps après un long hiuer,
De mesme ayant soufert tant de peines diuerses
Ie croyois voir la fin de mes longues trauerses :
Ma mere consentoit à mes afections ;
Le Ciel fauorisoit mes belles passions,
Et déja l'on parloit de notre mariage
Quand DAPHNIS a cessé de paroistre au vilage.

   La Bergere se teut pour essuyer ses yeux ;
Ses ennuis par les pleurs s'exprimerent bien mieux ;
Cent bouches , & cent vois n'eussent pas pu sufire
A conter la moitié d'un si facheux martire ;
Déja de toutes parts les bergers s'amassoient,
Et sur le prochain bord quelques uns paroissoient :
La pronte Renommée a qui rien ne se cele
Auoit par tout conté cette triste nouuelle
Que déja COLLIRE'E étoit près de mourir ;
Ils auoient tous dessein de l'aller secourir ;
Les Nimphes les voyant dans le fleuue se mirent ;
Bien loin dessus le bord les ondes réjalirent ;
Les bergers effraiez se jettans à genous
Leur offrirent des vœux pour le salut de tous ;
La Seine les ouït de ses caues profondes,
Et fit lors par trois fois bruire toutes ses ondes
Pour vn signal certain de la felicité
Qu'ils deuoient receuoir de sa Diuinité ;

                                 Et

Et l'amoureux ARCAS d'une façon acorte
Salüa COLLIRE'E, & parla de la sorte.

ARCAS.

Que n'ai-je sçeu plutost vos extremes douleurs!
Le jour que commença la cause de vos pleurs
Ie rencontrai DAPHNIS sur les riues de Seine
Au dessous de Conflans qui disoit estre en peine
De trouuer un mouton qu'il aimoit dessus tous
Parce, comme je croi, qu'il le tenoit de vous:
On a conté depuis la dixiesme journée;
De moi je ne sçai pas qu'elle est la destinée
Qui de venir ici le pouroit empécher;
Mais si vous le voulez je m'en vais le chercher.
    Si tost qu'il l'eut promis cette fidelle Amante
Toute moite de pleurs, triste, passe, & mourante,
Faisant signe des yeux d'y vouloir consentir
Sembla le conjurer de prontemant partir.

EGLOGVE V.

DAMON, ARCAS, LIZIDOR, ME'LINTE.

ARGVMANT.

ARCAS s'étoit mis en chemin pour s'acquiter
de la promesse qu'il auoit faite à COLLIRE'E
de chercher DAPHNIS, & comme sur le midy il pen-

ſoit diner ſous un arbre, il fut rencontré de DAMON
qui voulut éprouuer auecque lui qui chanteroit le
mieux; ARCAS en demeura d'acord , & le fit man-
ger auec lui : ſur la fin du repas ils oüirent aſſez
près d'eux chanter un Berger qui n'eut pas ſi toſt
ceſſé , qu'ils ſe montrerent à lui, & le prierent de
venir auec eux promener pour eſtre juge de leur
different; mais il s'excuſa , & leur donna à ſa place MELINTE qui s'en alla au milieu d'eux pour
les entendre.

A LIZANDRE.

Vous deſſus qui la mort n'exerce aucun empire,
  Muſes s'il ſe preſente un beau ſujet d'écrire
Ne vous ennuiez pas de m'inſpirer des vers;
Venez auecque moi deſſus ces tapis verts,
Et parmi les douceurs de ce plaiſant ombrage
Chantez du jeune ARCAS le bien-heureux voyage.
  Vous qui prenez plaiſir à toujours obliger,
Grand LISANDRE aprouuez les chãſons d'un Berger,
Et ſorti des trauaux que vous donnoit la guerre
Soufrez qu'à vos lauriers je joingne le lierre:
Aſſez d'autres diront vos aimables vertus;
Et combien d'ennemis ſe trouuent abatus
Quand l'hõneur de la France aux cõbas vous appelle,
Combien à la ſeruir vous vous montrez fidelle;
Qu'elle eſt votre prudence, & votre inuention
A vous former aux mœurs de toute nation:
Tout le monde dira votre magnificence,
Vos apas, vos grandeurs, votre rare éloquence;

Votre grace admirable à gagner les espris,
Comme de votre amour tous les cœurs sont épris,
Et qu'il n'est point de dame a qui votre langage
Ne puisse absolumant captiuer le courage.
Pour moi de qui l'esprit se sait bien mesurer,
Ne pouuant rien pour vous que voir, & qu'admirer,
Ie me contenterai si mon petit ouurage
Peut bien representer les beautez du vilage;
En quelque lieu pourtant que je puisse arriuer
I'aurai toujours le soin de tracer , & grauer
Sur l'écorce des bois vos vertus nompareilles;
Mes bergers parleront de vos rares merueilles,
Et toutes les forests, les antres , les ruisseaux
Les rediront encore après leurs chalumeaux.

   Les fantosmes, la peur, le somme, & le silance
Suiuoient l'obscurité qui fuyoit la presance
Du bel Astre qui donne au monde la clairté,
Et l'Aurore montroit sa premiere beauté
Quand ARCAS se leua chassant toute paresse,
Et voulu sans remise acomplir sa promesse;
La belle COLLIRE'E atendoit apres lui
La desirable fin de son extrème ennui:
Il ne fut pas tout seul, Amour guide fidelle
Voulut aussi chercher l'Amant de cette belle;
Il conduisit ses pas, & son diuin flambeau
Eclaira son esprit pour un dessein si beau.
Quant le Soleil eut fait a demi sa carriere
Ce Berger regarda dedans sa panetiere

D ij

Pour diner ſous un arbre , & prendre du repos;
Et lors DAMON ſuruint qui lui tint ce propos,
Et couché près de lui pour jouïr de l'ombrage
L'obligea de répondre à ſon gentil langage.

DAMON.

Que Pan m'a bien conduit! que je beni ce jour!
Berger à ton ſujet j'auançois mon retour;
Ie penſois te trouuer ſur les riues de Seine,
Mais tu m'as épargné la moitié de la peine;
Au païs d'où je viens on m'a dit en cent lieux
Te comparant à moi que tu chantes le mieux;
Ie ne le puis nier ce bruit bien que vulgaire
M'empeſche de dormir, & me mèt en colere;
Il faut ſans differer ſauoir la verité,
Et lors je te tiendrai pour une deïté.

ARCAS.

Que ton ame a d'ardeur! que ton humeur eſt pronte!
Faut-il que pour ſi peu le dépit te ſurmonte?
Tu ne t'enqueſtes pas ſi j'aurai le loiſir
De pouuoir ſatisfaire à ton boüillant deſir,
Ni qui m'ameine ici, ni ſi mon entrepriſe
Peut ſeulemant permettre une heure de remiſe:
Si tu ne le ſçais pas je vais chercher DAPHNIS;
COLLIREE a ſoufert des tourmans infinis

Depuis qu'un accidant qu'on ne sçait pas encore
A fait perdre à ces lieux ce Berger qu'elle adore.

DAMON.

A la bonne heure ARCAS, je t'acompagnerai,
Et durant le chemin je me détromperai;
Ie verrai si ta vois à nulle autre feconde
Ainsi que l'on m'a dit de tant de grace abonde.

ARCAS.

Non, non, gentil DAMON, quoi qu'on t'ait dit de moi
Ie ne possède rien de comparable à toi;
ATis ce bon flûteur de qui Pan fut le maistre
Peut seul pour te combatre en la lice parestre.

DAMON.

Ie ne m'étonne pas qu'il oze disputer,
Et pense dessus moi la victoire emporter
Puis que sa vaine bouche a l'audace de dire
Qu'elle sçait mieux chanter que ne fesoit Titire;
Mais cessons de parler de cet audacieux,
Et voyons de nous deux qui chantera le mieux.

ARCAS.

Berger puisqu'il te plaist faisons experiance
Qui chante de nous deux auec plus de sciance

Pourtant si tu me crois nous ne chanterons pas
Sans auoir pris deuant notre petit repas.

    Ainsi ces deux Bergers d'abord s'entreparlerent,
Et de mets innocens dessus l'herbe dinerent;
Cependant qu'ils dinoient ils ouïrent près d'eux
Vn pasteur qui tenoit ce langage amoureux.

LIZIDOR.

    Hostesses de ces lieux, Driades, & Napées
Qui par mon pront secours vous estes échapées
Tant de fois de l'effort des Faunes, & Siluains
Lors que déja sur vous ils auoient mis les mains;
Si je puis meriter quelque reconnoissance
Amenez ma Bergere en ce lieu de plaisance;
Peut estre auecque vous cueille-t'elle des fleurs
Tandis qu'ici tout seul je me consume en pleurs;
Mon cœur ce beau sejour auprès de moi t'apelle,
Ici regne le frais; ici l'herbe est nouuelle;
La Marne poissonneuse ici traine ses eaux;
Tu verras sur ses bords paistre mes gras troupeaux,
Et comme je nouris vne belle genice
Qui se vid en naissant vouër à ton seruice.

    Douce gesne des cœurs, victorieux Amour,
Si jamais ta faueur peut amener le jour
Que CLEONICE *enfin éprise de ma flame*
Ioigne son cœur au mien, & m'appelle son ame,
Ie fais vœu de t'offrir un superbe tableau
Où toi-mesme brulé de ton diuin flambeau

Tu feras enleuer sur l'aile de Zephire
Celle qui t'a sou-mis aux lois de son empire ;
L'adorable Psiché digne de posseder
Celui dont le pouuoir sçait par tout commander
Dessus un lit de fleurs superbemant couchée
Sera de tes apas si doucemant touchée
Que de vos jeus communs naistra la Volupté ;
Ce dous charme des cœurs qui dans l'oisiueté
Exerce dessus nous son plus puissant empire,
Comme une Deité qui toute chose atire
S'y fera voir aussi captiuant les humains
Auec mille chainons qui lui pendent des mains ;
La Fortune humblemant lui viendra faire hommage
Les grands y paroistront charmez de son visage,
Et la Paix qui redonne aux villes la beauté
Se joindra pour compagne à cette Deité.
La nuict que ta Psiché satisfit à l'enuie
Qu'elle eut de voir celui dont elle étoit seruie,
Ce qui suiuit après, ses courses, ses douleurs
Se verront peintes là des plus viues couleurs :
Au plus haut du tableau le Ciel plein de lumiere
Verra de vos amours l'auanture derniere,
Et pris plus que deuant de l'éclat de ses yeux
Tu la prendras pour femme en presence des Dieux.
    Cet Amoureux ainsi se flatoit en sa peine
Par l'espoir de jouïr de sa belle inhumaine,
Et vouloit que l'Amour se vist interessé
A faire que bien-tost il fust recompensé ;

Quand ARCAS, & DAMON enſemble ſe leuerent,
Et rauis de plaiſir à ſes yeux ſe montrerent;
Après les complimans que de chaque coſté
On fit pour ſatisfaire à la ciuilité
DAMON qui pour joüer à ſa muſette preſſe
Careſſant ce Paſteur lui fit cette requeſte.

DAMON.

Incomparable Eſprit, la gloire de ce lieu
Soit que tu ſois Paſteur, ſoit que tu ſois un Dieu,
Tu peux eſtre Apollon, ou le diſert Mercure,
Par celle que tu ſers ce Berger te conjure
De nous ouïr chanter, & venir auec nous
Iuger qui de nous deux aura le chant plus dous;
Dans une heure au plus tard terminant ton voyage
Tu ſeras de retour deſſus ce beau riuage.
Il parla de la ſorte, & ſi toſt qu'il eut dit
En ces termes mignards, l'autre lui répondit.

LIZIDOR.

Ton langage flateur par ſa douceur extrême
M'éleue injuſtemant au deſſus de moi-meſme;
Ie ne ſuis pas un Dieu mais le moindre de ceux
Qui ſauent que les Dieux régnent au deſſus d'eux,
Et l'ordre qu'ici bas donnent les Deſtinées
M'a preſcrit ſeulemant certain nombre d'années;

Mon

Mon nom eſt LIZIDOR, j'ai le long de ces eaux
Grand nombre de brebis, de chevres, & d'aigneaux,
Et Dieu qui de ces biens m'a fait eſtre ſi riche
Des treſors de l'eſprit me voulut eſtre chiche;
Ie ne puis pas juger de votre differant;
Ce ſeroit de l'oʒer un orgueil apparant,
Et quand meſme, ô Berger, j'aurois l'ame aſſez vaine
Pour juger vos debas, & vous oſter de peine,
Ie voud'ois vous prier de ne m'y point forcer;
Les affaires que j'ai m'en pouroient diſpencer;
CLEONICE en ce lieu doit venir à cette heure,
Eclairer de ſes yeux cette belle demeure;
Si les traits de l'Amour t'ont jamais tourmanté
Tu ſçais de quel tumulte on ſe trouue agité
Alors que l'on attend d'impatiance extrème
Le bien d'entretenir celle-là que l'on aime:
Mais ce matin MÉLINTE eſt venu juſqu'ici
Afin de me conter la peine, & le ſouci
Que lui donne l'Amour de ſa chere ISABELLE;
Il peut gentils Bergers vuider votre querelle;
Il eſt des plus experts en l'art de bien chanter,
Et voudra volontiers vous aller écouter.

    LIZIDOR dit ainſi, ces Bergers l'embraſſerent,
Et tous trois dans la main amitié ſe jurerent;
DAMON donna ſa flûte à ce gentil Berger
Qui d'un autre preſant le ſçeut bien obliger;
Ils furent réjouis d'aprendre la nouuelle
Que MÉLINTE faſt là pour vuider leur querelle,

Car ils connoiſſoient bien ce Berger amoureux,
Et l'auoient bien ſouuent entretenu chez eux ;
MÉLINTE *qui ſuruint leur fit la reuerance ;*
Là chacun a l'enui fit voir ſa complaiſance ;
Il fut prié de tous de dire ſans faueur
Celui qui chanteroit auec plus de douceur ;
MÉLINTE *y conſentit, enſemble ils s'en-allerent,*
Et l'ayans mis entr'eux ces Bergers commencerent.

ARCAS.

MÉLINTE *tu ſçais bien les tourmans infinis*
Qu'a ſoufers COLLIRÉE *au depart de* DAPHNIS,
Et tu ſçais bien encor comme j'ai charge d'elle
De trouuer, s'il ſe peut, le lieu qui le recelle ;
DAMON *m'a rencontré qui pour je ne ſçai quoi*
Croit que l'honneur l'oblige à chanter contre moi ;
Ie ne puis m'empeſcher de tanter la fortune ;
Iuge nous franchemant, & ſans faueur aucune :
Ie garde un gobelet de figures orné
Où Bachus aparoiſt de pampre couronné
Qui le thirſe à la main donne à chacun l'uſage
De noyer le ſouci dans ſon diuin bruuage ;
On y voit des amans qui cherchent près de lui
Le moyen d'oublier leur dame, & leur ennui,
Des courtiſans décheus, & des marchans en peine
Que Neptune à leurs ports leurs vaiſſeaux ne r'ameine ;
Celui de qui le chant aura plus de douceur
D'un ſi gentil vaiſſeau ſera le poſſeſſeur.

DAMON.

ARCAS *il ne faut pas perdre plus de langage;*
Au nom des puiſſans Dieux cōmençons d'oc l'ouurage:
Ie mets pour tō vaiſſeau les deux meilleurs aigneaux
Que l'on puiſſe trouuer parmi tous mes troupeaux.

ARCAS.

Ta chanſon, ô Berger, doit eſtre la premiere;
Comme auteur du debat ouure moi la cariere.

MÉLINTE.

Chante gentil DAMON, *commence doucemant;*
L'un faſſe ouir ſa vois, l'autre ſon inſtrumant.

DAMON.

Les Poëtes des Dieux prennent leur origine;
Ils ont dedans l'eſprit une chaleur diuine
Qui les porte à chanter je ne ſçai quoi de beau
Qui ne craint point la mort, ni la nuit du tombeau.

ARCAS.

Les vulgaires Eſpris ne plaiſent point aux Muſes;
Leurs graces dedans eux ne ſont jamais infuſes,

Et ceux-là qu'Apollon apelle à ſes autels
Se randent par leurs vers égaux aux immortels.

DAMON.

Bien que je ſois berger je me plais dauentage
Aux douceurs de la cour qu'à celles du vilage;
I'aime mieux les tournois des braues cheualiers
Que voir pour les brebis combatre les beliers.

ARCAS.

L'innocence des champs me charme le courage;
On y paſſe ſes jours ſans redouter d'orage;
Les plaiſirs y ſont purs, & les grands de la cour
Pour ſe deſennuier en cherchent le ſejour.

DAMON.

De toutes les vertus la cour eſt un grand temple;
Deſſus les courtiſans chacun doit prendre exemple;
Ceux qui paſſent leur vie en ces champeſtres lieux
Semblent vraimant mortels, & les autres des Dieux.

ARCAS.

Le vilage eſt ſans fraude, on y vit ſans enuie;
La vaine ambition n'y trouble point la vie;
Pour aquerir du bien la ſcience ſufit,
Et le Ciel au trauail égale le profit.

DAMON.

Auſſi-toſt que mes vers de leurs douces merueilles
Des ſeigneurs de la cour vont flater les oreilles,
Ceux qui m'obligent tant que de les auoüer
Me font bien ſouuent taire à force de loüer.

ARCAS.

Auſſi-toſt que l'Amour doucemant me conuie
A parler aux foreſts du beau nom de SYLVIE,
Toutes les Deitez qu'on reuere en ce lieu
Satires, & Siluains me ſuiuent comme un Dieu.

DAMON.

Qu'on me tienne en amour le plus heureux du mõde,
OlIMPE qui n'a point ici bas de ſeconde
M'auoit mis en colere, & voulant m'appaiſer
Me fit ſigne du doigt de la venir baiſer.

ARCAS.

Qu'on écriue ma joye au temple de Mémoire;
La Belle que je ſers m'a tout couuert de gloire;
Vn Berger enuieux du bien que je reçoi
Médiſoit de ma vie, elle parla pour moi.

DAMON.

Si jamais le Deſtin m'acorde cette joye
Que ma celeſte OLIMPE entre mes bras ſe voye,

Puiſſant Prince des cœurs, Amour, pour ce bienfait
Ie t'offrirai chaqne an deux terrines de lait.

Arcas.

Si jamais ma Déeſſe épriſe de ma flame
Reſſant les paſſions qui régiſſent mon ame,
O puiſſante Venus, delices des mortels
I'offrirai tous les ans un cigne à tes autels.

Damon.

Que ne puis-ie chanter comme faiſoit Titire!
Ma belle vois jamais ne ceſſeroit de dire
Qu'il faut bien que Lisandre ait quelque qualité
Qui l'aproche beaucoup de la Diuinité,
Puis qu'ordinairemant nous le voyons ſans peine
Agir bien au deſſus de la puiſſance humaine
Alors que le Conſeil de notre Potentat
Le choiſit entre tous pour ſeruir à l'Etat.

Arcas.

Si j'auois la douceur du chant de Philomelle
Ie voudrois aquerir vne gloire immortelle,
Alexandre toujours dedans mes plus beaux vers
Montrcroit ſes vertus aux yeux de l'Vniuers;
Que le Ciel deſſus lui faſſe pleuuoir les roſes;
Que le ſort à ſes vœux accorde toutes choſes;

Il fait cas de mes chants, & je m'ose vanter
Qu'il abandonne tout afin de m'écouter.

DAMON.

Ie grauerai LISANDRE en l'écorce d'un heftre,
Et quiconque y verra ce fameux nom parestre,
Se mettant à genoux reuerera le lieu
Comme étant destiné pour honorer vn Dieu.

ARCAS.

Ie laisserai voler un geai dans le bocage
Qui prononce ALEXANDRE en son cõmun langage,
Il le dira par tout, les oyseaux l'aprendront,
Et toutes les forests par tout le rediront.

DAMON.

Comme le pélerin que la soif met en peine
Est comblé de plaisir s'il trouue une fonteine;
Tel je me tiens égal à tous les Demi-dieux
Quand celle que je sers se presente à mes yeux.

ARCAS.

Comme ces larges champs se trouuent sans lumiere
Alors que le Soleil à borné sa cariere,
Ainsi quand mon bel Oeil de moi s'est absenté
Ie perds au mesme instant toute felicité.

DAMON.

Berger je te croirai plus grand qu' Apollon mesme
Si ton esprit doué d'un artifice extrême
M'aprend comme l'on peut garder sa liberté
Contre les dous apas d'une rare beauté.

ARCAS.

Que ta Nimphe à toi seul ses caresses octroye ;
Qu'on ne puisse rien voir de plus grand que ta joye
Si tu me puis apprendre en quel lointain sejour
Les hommes sont éxans des flames de l'Amour.

MELINTE.

Que peut-on comparer à ces rares merueilles ?
Vos vers, gentils Bergers, sont plus dous aux oreilles
Que n'est le plaisant bruit que fait un clair ruisseau
Contre les petits rocs qui repoussent son eau :
Amis embrassez vous, pas un n'a la victoire,
Tous deux vous méritez une semblable gloire ;
Votre chant merueilleux est égalemant beau ;
Qu'ARCAS ait les aigneaux, & DAMON le vaisseau.
    Ainsi ces deux Bergers pour l'honneur disputerent,
LIZANDRE jusqu'au soir leurs bouches s'occuperent
A chanter vos vertus, vos grãdeurs, vos beaux faits ;
Comme durant la guerre, & lors qu'on est en paix

La Fortune toujours auecque vous chemine;
Que le monde est raui de votre bonne mine ;
DAMON leur recitoit comme au milieu de l'eau
Les Nimphes de la mer suiuoient votre vaisseau
Quand vous fustes à Londre, où votre illustre vie
Sceut plaire à tout le monde, & donner de l'enuie:
La cour vous y receut ainsi qu'un Demi-dieu,
Votre diuin Esprit parut en chaque lieu ;
Vous flechistes l'Anglois, & d'un puissant langage
Renuersant ses raisons vous eustes l'auantage.
Ces Bergers s'efforçoient a vous loüer le mieux,
Mais pas un toutefois ne fut victorieux ;
Aussi c'estoit vraimant une chose impossible
Puis qu'ils étoient tous deux d'une force inuincible.

EGLOGVE VI.

COLIRE'E, ISABELLE, IANETTE, ME'LIS.

ARGVMANT.

L'Amoureuse COLLIRE'E ennuyée de la perte
de son Berger attendoit auec impatiance le retour d'ARCAS qui l'étoit allé chercher; trois de ses
bonnes amies qui sauoient que l'Amour lui donneroit une mauuaise nuit, se resolurent de veiller auecque elle; elles passerent ensemble toute la nuit en
plusieurs discours: sur le matin comme le sommeil
les assoupissoit ME'LINTE qui retournoit d'auecque ARCAS alla joüer du flageolet sous leurs fene-

ſtres pour leur donner le bon jour, & leur aprendre
des nouuelles de DAPHNIS.

A CEPHILORE.

A Ce coup mon eſprit il faut faire un effort
     Qui puiſſe rejetter l'empire de la mort ;
Tu ſçais que ce n'eſt pas un homme du vulgaire
A qui dedans ces vers je deſire de plaire ;
Il faut que mes chanſons égalent ſa grandeur ;
Que je ſois échauffé d'une nouuelle ardeur,
Et pompeux que je chante à la race future
L'amour de COLLIREE, & le mal qu'elle endure
Depuis que la rigueur d'un ſort injurieux
Retient ſon cher Amant éloigné de ſes yeux.

     Venerable Paſteur receuez cet ouurage
Où mon petit genie au vôtre rend hommage,
Et vous veut témoigner que l'auteur de ces vers
Sçachant que votre nom emplit tout l'Vniuers,
Fait à votre grandeur cette petite offrande
Afin d'auoir ſa part d'une gloire ſi grande.

     Toi qui rends vigoureux les plus foibles eſpris
Amour guide mon ame en l'ouurage entrepris,
Et m'inſpire des vers dont les rares merueilles
Soient en quelque façon dignes de ſes oreilles :
Ie n'ai point maintenant de plus ardant deſir
Que celui qui me porte à lui donner plaiſir ;
Si je puis paruenir à ce bon-heur extrême,
Eleuant ma penſée au deſſus de moi-meſme,

Et mettant sur ma teste un laurier glorieux
Ie grauerai mon nom entre ceux-là des Dieux.
   Le Soleil renoyant l'humide sein de l'onde
Accordoit le repos à la moitié du monde ;
La nuit auoit chassé ce qui restoit du jour ;
Les étoiles déja paroissoient à leur tour ;
Les loups en liberté couroient parmi la pleine
Allans sans resistance où l'odorat les meine ;
Les oyseaux assoupis dormoient sur les rameaux,
Et les pasteurs auoient enfermé leurs troupeaux ;
Tout prenoit le repos tandis que COLLIRE'E
L'esprit comblé d'ennuis, langoureuse, éplorée,
Et ressentant toujours quelque nouueau souci
Dressoit les yeux au Ciel, & se plaignoit ainsi.

COLLIRE'E.

O flambeau de la nuit d'éternelle durée
  Par vous à votre tour la terre est éclairée ;
Beaux astres tous les soirs vous paroissez aux Cieux,
Mais jamais mon DAPHNIS ne paroist à mes yeux :
Si tost que par le temps votre course est bornée
Le Soleil hors des eaux rameine la journée,
Mais las ! je ne voi point retourner auec lui
Ce tant aimé DAPHNIS qui me comble d'ennui :
Musettes, & hauts-bois vos agreables charmes
Ne conuiennent pas bien au torrant de mes larmes ;
Passe-temps, dous baisers, incroyables plaisirs
De qui les Amoureux contentent leurs desirs

Vos extrêmes apas ne me font plus d'enuie;
Loin de vous desormais je veux passer ma vie,
Et vous serez toujours d'auprès de moi banis
Si l'arrest des Destins ne me rend mon DAPHNIS.
  LA *douleur fit cesser cette Amante fidelle;*
Ainsi sur du bois mort gémit la tourterelle
Alors qu'elle a perdu ce qu'elle aime le mieux:
Les pauots du sommeil ne charmoient point ses yeux;
Sans prendre de relâche elle auoit en pensée
Et son malheur presant, & sa gloire passée;
Dix mille visions l'empeschoient de dormir;
Elle alloit employer cette nuit a gemir
Sans trois jeunes beautez qui suruindrent chez elle
L'agreable IANETTE, *& la blonde* ISABELLE
Auecque leur MÉLIS *fiere de mille cœurs*
Dont ses yeux tout-puissãs s'étoiët rãdus vainqueurs;
Ensemble elles vouloient diuertir COLLIRÉE,
Et remettre en vigueur sa constance égarée;
Cette Bergere alors cédant à la douleur
La teste dans ses mains songeoit à son malheur;
Comme elle soupiroit ses compagnes entrerent
Qui de tout leur pouuoir son ame consolerent;
Qui n'eust esté touché voyant sans réconfort
Cette belle implorer le secours de la mort,
Et parmi les ennuis, les regrets, & les larmes
L'Amour bien empesché de conseruer ses charmes?
Après les dous baisers, & les ciuilitez
Que l'on se fait d'abord, ces quatre deitez

Prirent chacune place, & de cette maniere
ISABELLE à parler commença la premiere.

ISABELLE.

Aimable COLLIRE'E *il faut que la raison*
A tes aspres douleurs donne la guerison;
Tu n'as point de sujet d'estre en si grande peine;
La perte de DAPHNIS *est encor incertaine,*
On est allé chercher cette aimable Berger;
Iamais deuant le temps on ne doit s'afliger;
Le Destin qui t'expose a de si grands suplices
Doit peut-estre bien-tost te combler de delices;
Ie sçai bien quelle ardeur échauffe les espris
Qui de quelque beauté sont viuemant épris;
Comme on ne peut souffrir un demi-jour d'absance
Sans de mille tourmans faire l'experiance;
Quiconque sent au cœur les atteintes d'Amour
Son desir violant le fait vieux en un jour;
Les plus vistes momans lui semblent des années,
Et dans l'ame il maudit l'arrest des Destinées;
Pourtant chere compagne en ton aduersité
Tu dois faire vertu de la necessité;
Ta bouche à beau gemir, tes yeux verser des larmes,
Tes mains ont beau priuer ton visage de charmes
Le meurtrissant de coups, & rompant tes cheueux,
Tout cela ne peut pas satisfaire à tes vœux;
Tes fureurs, ta tristesse, & tes plaintes sont vaines
Pour r'amener DAPHNIS *dans nos fertiles pleines.*

Le deuot laboureur dreſſant les mains aux Cieux
Inuoque tous les jours le grand maiſtre des Dieux,
Afin que de ſes blez il détourne l'orage,
Et quand déja ſon foudre ébranle un gros nuage,
Et qu'une horrible greſle auec des tourbillons
Renuerſe les épics, & comble les ſeillons,
Il s'enferme cheʒ lui, ſe remet en priere,
Et quelque peur qu'il ait, toutefois il eſpere
Que l'Auteur ſouuerain du ſalut des humains
Mettra ſon labourage a l'abri de ſes mains :
Ainſi quăd nous ſauons qu'un malheur nous menace,
Au lieu d'imaginer que notre vaine audace
Nous puiſſe garentir de ſon éuenemant
Aux puiſſances du Ciel recourons humblemant,
Meſme lors que déja les coups de la tempeſte
D'un violant effort grondent ſur notre teſte,
Et que l'afliction nous ſuit en chaque lieu
Nous deũos nous remettre au ſaint vouloir de Dieu ;
Inuoquer ſa grandeur, & fermes de conſtance
Sans jamais murmurer attendre ſa clemance.
    Ne penſe pas que ſeule il te faille endurer ;
Chacune toſt ou tard à ſujet de pleurer ;
Mille accidans diuers aſſaillent notre vie ;
La peſte des citez l'inſuportable enuie
Fait tomber les plus grands de ſes traits rigoureux,
Et nul deuant la mort ne ſe peut dire heureux :
Bergeres vous ſauez de quel lieu je ſuis née,
Comme je fus de Grece entre vous amenée,

Et comme en mon vifage une extrême paleur
Faifoit pareftre alors qu'elle étoit ma douleur;
Mais peut-eftre jamais n'auez-vous ouï dire
Combien dans ce païs j'ai foufert de martire:
Ie n'auois pas fix ans quand la rigueur du fort
Me priua tout d'un coup de mere, & de fuport;
Mon pere prit le foin d'éleuer ma jeuneffe;
Déja force flateurs m'apeloient leur Déeffe,
Et tous les jeunes Grecs rauis de ma beauté
Me venoient en hommage offrir leur liberté;
Quand je te vis ADON *je demeurai rauie*
De voir ta bonne grace à chacun faire enuie;
Les charmes de l'Amour enchanterent nos yeux;
Vn feul coup de deux cœurs le fit victorieux,
Et lors de veine en veine une fubtile flame
Corrompit tout mon fang, & vint troubler mon ame.

   On dit que le beau temps n'eft fi toft fur les eaux
Qu'on voit de toutes parts démarer des vaiffeaux,
Les marchans deffus mer vont tanter la fortune;
Mais en fin quelque vent mèt en courous Neptune;
La tempefte furuient qui pouffe leurs nochers
D'un choc impetueux au milieu des rochers.
Ainfi je me voyois fans matiere de plaintes
Quand je fenti d'Amour les premieres atteintes;
Vne extrême douceur rauiffoit mes efpris,
Le nompareil ADON *de mefmes feux épris*
Me vint offrir fon cœur, & vouër fes feruices;
Mais las! je vi bien-toft la fin de ces delices.

Vn funeſte accidant qui le mit au cercueil
Perdit toute ma joye, & me combla de dueil:
L'imperieux DAMIS ſuperbe, & ſanguinaire
Feignant d'eſtre amoureux s'efforçoit de me plaire,
Mais quand il s'aperceut que c'étoit vainemant
Il conjura la mort de mon fidelle Amant,
Et crut me faire aimer, & me rendre traitable
Oſtant à ſon païs ce qu'il auoit d'aimable.
Au funeſte momant que d'un coup rigoureux
Il fit rougir les fleurs de ce ſang amoureux,
Le Soleil paliſſant acheua ſa cariere,
Et plus long-temps ne put nous donner ſa lumiere;
ADON me venoit voir, mais ô tragique ſort!
En recherchant ſa vie il rencontra ſa mort;
DAMIS lâchant la bride à ſon traiſtre courage
Injuſtemant ſur lui fit éclater ſa rage;
D'un grand coup de maſſuë il le fit trebucher;
Cet homme impitoiable, & plus dur qu'un rocher
Ne l'abandonna point que ſelon ſon enuie
Il n'euſt borné le cours d'une ſi belle vie.
    Penſez quel fut l'ennui qui me ſaiſit alors
Que l'on m'aprit qu'ADON étoit parmi les morts;
On me vid toute en pleurs, paſle, défigurée,
Sans parole, ſans poux, triſte, & deſeſperée;
Ie ne pleurai pas ſeule on vit pareillemant
Les Nimphes regretter un ſi fidelle Amant.
    Quoi que de mille apas la Grece ſoit pourueuë,
Elle parut depuis ſi funeſte à ma veuë

Que

Que pour m'en éloigner je me mis deſſus l'eau,
Et me fiant aux ais d'un fragile vaiſſeau
Ie paſſai mille mers, & les flots ſans orage
Me firent à ſouhait acheuer mon voyage.

Déja les ports de France à mes yeux paroiſſoient,
Mais pour changer de lieu mes ennuis ne ceſſoient;
Toujours le ſouuenir des fortunes paſſées
Pour nourrir ma douleur excitoit mes penſées;
Sans ceſſe il me ſembloit que je voyois DAMIS
Qui me repreſentoit ce qu'il auoit commis,
Lors que deſſus les eaux parut le vieux Protée;
De ſa veuë à l'abord je fus épouuantée;
Les étoiles déja paroiſſoient dans les Cieux;
Vn grand calme ſuruint aux nochers ennuyeux
Tant que notre vaiſſeau deuint comme immobile;
Pour le faire auancer leur art fut inutile;
Se regardans l'un l'autre, & plains d'étonnemant
Ils l'attribuoient tous à quelque enchantemant;
Comme ils s'entretenoient d'une telle auenture
Tout autour du vaiſſeau j'ouïs un grand murmure,
Vn grand homme parut d'un port audacieux
Qui dit en me flatant qu'il étoit l'un des Dieux,
Qu'on le nommoit Protée, & fils du grand Neptune,
Qu'il me venoit parler de ma bonne fortune,
Que je n'euſſe point peur, & que bien-toſt l'Amour
Feroit qu'en mon endroit la joye auroit ſon tour.
Près de Paris, dit-il, ſur les riues de Seine
Vn Berger poſſeſſeur de cent troupeaux à laine,

Riche de biens, d'honneur, remarquable en vertu
Se verra par l'Amour à tes piés abatu;
Il s'apelle MÉLINTE, *on diroit à sa mine*
Qu'il vient assuremant d'une race diuine;
Tel étoit ton ADON *lors que l'Amour vainqueur*
Le fit superbemant triompher de ton cœur;
Mets ton ame en repos, & croi que dans la France
Ton heur doit de beaucoup passer ton esperance.

   Ainsi parla Protée, *& se coula dans l'eau*
Qui fit en tournoyant mouuoir notre vaisseau;
Vn grand vent s'éleua dont nos voiles s'enflerent,
Et selon nos desirs dans le port nous menerent:
Certes depuis j'ai vu la fin de mon ennui,
MÉLINTE *est mon souci, je n'aime plus que lui,*
Ie voi que toute chose à son amour m'apelle,
Il est discret, gentil, complaisant, & fidelle,
Et je ne pense pas qu'on puisse auec raison
Diuertir mon esprit de si belle prison.

   La gentille ISABELLE *acheua de la sorte;*
Sa compagne affligée, & presque demi-morte
En fut un peu touchée, & commença d'auoir
Parmi tant de douleurs quelque rayon d'espoir;
IANETTE *l'aperceut qui d'un si bon presage*
Se sentit toute emeuë, & lui tint ce langage.

IANETTE.

Quiconque a de l'espoir en la bonté des Dieux
Toujours de son malheur se voit victorieux;

Cet esprit souuerain qui conduit toute chose,
A qui tout doit son estre, & qui de tout dispose
Tante notre constance, éprouue notre foi,
Et souuent nous soufrons sans connoistre pourquoi;
Mais pour un peu d'ennui que sa iustice enuoye
Où voyons-nous après paruenir notre ioye?
Il puise en ses tresors, & nous comble de bien,
On a tout à souhait, on ne manque de rien,
Le Ciel rit à nos vœux, & loin de la commune
Il fait pompeusemant marcher notre fortune:
Qui de vous ne sçait pas les maux que i'ai soufers?
I'auois un beau Berger esclaue de mes fers;
Il a cent fois iuré qu'il me seroit fidelle,
Et que sa ferme amour deuoit estre éternelle;
Toutefois cet ingrat, & deloyal Amant
Me quitant pour un autre a faussé son sermant;
Il n'en faut point mentir, cela me fut sensible;
On a beau déguiser; il nous est impossible
De n'auoir point d'ennui quand par légereté
Quelqu'un de nos amans reprend sa liberté,
Mesme quand il aduient qu'une pareille flame
Emeut les passions que nous auons en l'ame:
Ie fus plus de deux mois sans espoir de guerir;
Mes pleurs, & mes soupirs ne se pouuoient tarir;
Mais enfin le Demon qui preside à la ioye
Dissipant les ennuis a qui i'étois en proye
Randit à mon esprit l'usage des plaisirs,
Et mon bon-heur deuint égal à mes desirs;

AMINTE *vint loger dans notre voisinage,*
Ie vi je ne sçai quoi paroistre en son visage
Qui m'arresta les yeux, & me gagna le cœur;
Amour par son moyen demeura mon vainqueur;
Etans proches voisins j'auois souuent sa vuë,
Ie me tenois par fois exprès dedans la ruë;
Ensemble dãs les champs nous meniõs nos troupeaux;
Ie tendois auec lui des pieges aux oyseaux;
J'auois toujours le soin d'auoir quelque fruitage
Qne nous mangions ensemble assis dessus l'herbage;
En mille petits jeux nous passions tout le jour,
Mais le tout se faisoit sans dire un mot d'amour;
Ie n'eusse pas voulu commancer la premiere,
Et toutefois le temps me fit si familiere
Que je le caressai comme eust fait une sœur,
J'estimois son esprit, sa grace, & sa douceur;
Par fois je me fâchois quand il m'auoit baisée,
Mais j'étois sans mentir aysémant apaisée,
Et c'étoit de bon cœur que je lui pardonnois;
Il s'acordoit toujours à ce que j'ordonnois;
Il est vrai que jamais pour une telle offance
Il ne s'est vu reduit à d'autre penitance
Qu'à me cueillir du fruit, soigner à mon troupeau,
Ou dire une chanson dessus son chalumeau:
Bergeres j'auois peur qu'il ne vint quelque fille
Qui trouuant mon Berger d'une humeur si gentille
En deuint amoureuse, & lui dit libremant
Moins honteuse que moi quel étoit son tourmant,

Et que, courtois qu'il eſt, la voyant un peu belle
Il ſe cruſt obligé de ſe ranger près d'elle :
Mais à la fin ma crainte eut ſon cours limité,
Aminte m'aſſeura de ſa fidelité ;
Sa violante amour boüillant d'impatiance
Ne put pas ſe cacher deſſous la bien-ueillance,
Et comme quelquefois il auient que le feu
En quelque lieu ſecret prend force peu à peu,
Puis tout d'un coup s'éleue, & de fureur extrême
Par ſa propre lueur ſe découure lui-meſme ;
Ainſi la paſsion ſe forma dans ſon cœur,
Ce Berger ignoroit qu'Amour fuſt ſon vainqueur ;
Il m'a bien dit depuis qu'il aimoit mes careſſes,
Et que meſme il auoit de ſecretes triſteſſes
Quand il étoit priué du bon-heur de me voir,
Mais en fin deſſus lui j'obtins un tel pouuoir
Que lâchant des ſoupirs il parut tout de flame,
Et ſes yeux languiſſans découurirent ſon ame ;
Depuis heureuſemant nous paſſons tous nos jours
A nous entretenir de nos chaſtes amours,
Et ſous le nom d'Isis Aminte à tout le monde
Fait croire qu'en attrais je n'ai point de ſeconde.

C'eſt ainſi que parla cette jeune beauté
Le viſage un peu rouge, & le cœur agité ;
Et Melis à ſon tour découurit ſes penſées,
Et voulut reciter ſes fortunes paſsées.

EGLOGVE VI.

MÉLIS.

Ie me ri de l'orgueil de ces fieres beautez
Qui penfent contre Amour garder leurs libertez;
Contre un fi puiffant Dieu notre deffance eft vaine,
Ie ne croirai jamais qu'une puiffance humaine
Puiffe éuiter fes coups des Dieux mefmes vainqueurs,
Puis que notre nature y foumet tous nos cœurs:
Bien que dans ce païs on me croye infenfible,
Que c'eft de m'enflamer une chofe impoffible,
Et que jamais l'Amour de tout victorieux
N'eut de place dans moi fi ce n'eft en mes yeux,
Neantmoins une fois ce Dieu m'a furmontée
Encor que la raifon ne m'ait jamais quitée;
ARDEMON tu le fçais, helas combien de fois
Le voulant declarer ai-je perdu la vois?
La honte, ô beau Berger, m'empêchoit de te dire
Que fur moi tes vertus auoient un grand empire;
Mais à la fin l'Amour te l'affura pour moi;
Pourtant ma paffion ne gagna rien fur toi,
Tu mourois pour HELICE à qui tu n'as pu plaire;
La belle en ta faueur ne fe pouuoit diftraire
De fa cher CLEADON, & pour n'aimer que lui
Elle te donne encore un incroyable ennui.
    Bergeres à la fin je me fuis dégagée
Des importuns foucis qui m'auoient affiegée,
Et depuis ce temps-là je n'ai pu confentir
Que l'Amour à fon joug me vint affujettir;

TARCIS *me fait l'honneur de m'offrir fon feruice,*
Et ma froideur lui donne un extreme fuplice ;
Il a les qualitez qui peuuent faire aimer,
Mais mon cœur deformais ne pourra s'enflamer.

    Cette Bergere ainfi feignoit que fa franchife
Autrefois par l'Amour auoit efté furprife
Afin qu'il ne femblaft qu'elle vouluft blamer
Celles qui par ce Dieu fe laiffoient enflamer,
Et fa gentille humeur fe rendit complaifante
A l'efprit afligé de cette pauure Amante :
Elle euft continué de les entretenir,
Mais en fin le fommeil la força de finir,
La nuit fe diffipoit, le Gardien de l'Ourfe
Penchant deuers la mer bornoit fa lante courfe,
Et mefme COLLIRE'E *après beaucoup de pleurs*
Sentit par le fommeil adoucir fes douleurs ;
Tandis qu'elle dormoit l'Amour eut pitié d'elle,
Et voulut foulager un ame fi fidelle ;
Il alla voir Morphée en fon antre écarté,
Et le chargea d'aller trouuer cette beauté
Pour lui randre la joye auecque l'efperance
D'auoir de fon Amant bien-toft la jouiffance :
Ce demon du filance, & de l'obfcurité
Volant fans faire bruit auffi-toft s'eft porté
Où demeuroit la belle, & changeant de vifage
Prit celui de DAPHNIS, *& lui tint ce langage.*

    Belle Reine des cœurs modere tes ennuis,
Tu vois, ô COLLIRE'E, *en quel état je fuis.*

Triste, chargé de fers, pensif, mélancolique ;
Vne fiere ennemie experte en l'art magique
M'a mis dans ces liens par son enchantemant ;
Dessus eux les mortels sont sans commandemant,
Mais bien tost le Demon dont la terre est regie
Mars le Dieu des combas plus fort que la magie
Deliurera mes mains de ce fer enchanté,
Et je recouurerai par lui ma liberté ;
Ce sera lors, mon cœur, que comblé de delices,
Non pour auoir trouué la fin de mes suplices,
Mais pour auoir moyen de me voir près de toi
Ie t'irai témoigner mon amour, & ma foi,
Essuyer tes beaux yeux qui se noyent de larmes,
Et remettre en valeur le pouuoir de tes charmes.
　　　Ainsi parla Morphée, & de crainte du jour
De qui déja l'Aurore anonçoit le retour,
Il quita COLLIRE'E, & tout pensif, & morne
S'en retourna chez lui par la porte de corne.
La belle s'éueilla, son esprit amoureux
Trouua le joug d'Amour un peu moins rigoureux ;
Sa forte passion par le songe flatée
La fit parestre alors un peu réconfortée ;
Bien qu'elle sçeust assez que les songes sont vains,
Et par illusions deçoiuent les humains,
Le sien fut toutefois comme un heureux presage
Que bien tost son DAPHNIS reuiendroit au vilage ;
Comme elle méditoit dessus un tel sujet
Elle ouit un Berger jouant du flageolet.

　　　　　　　　　　　　　　　　　Toute

Toute émeuë elle mit la teste à la feneſtre
Où Me'linte à ſes yeux vint auſsi-toſt pareſtre,
Et lui dit comme Arcas deuoit trouuer celui
De qui l'éloignemant lui cauſoit tant d'ennui;
Elle ſe pâme d'aiſe, & dans ſa chambre apelle
L'agreable porteur d'une telle nouuelle.

   I'eſpere de conter la fin de cette amour,
Et Daphnis dans mes vers ſe verra de retour;
Mais, Paſteur, attendant que l'humeur poëtique
M'inſpire pour cela quelque trait magnifique
Il ſe faut repoſer de peur d'eſtre ennuyeux;
Pourtant auparauant je veux prier les Dieux
Que vos proſperitez de nul terme preſcrites
Puiſſent dans peu de temps égaler vos mérites.

EGLOGVE VII.

Arcas, Damon.

ARGVMANT.

Les Bergeres qui auoient veillé la nuit auecque
Collire'e allerent enſemble le matin cueillir
des fleurs: tandis Arcas acheuoit ſon voyage ayant
apris de la Renommée où étoit Daphnis, & comme
une magicienne l'auoit enchanté.

Isabelle, Me'lis, Ianette, & Collire'e,
De ſes propres beautez chacune étant parée,

H

Vn panier à la main furent cueillir des fleurs
Deuant que la chaleur en fletrist les couleurs;
MÉLINTE prit le foin d'ouurir leur bergerie,
Et mener leurs troupeaux au fein de la prairie;
Le Ciel étoit riant, & fa viue clairté
Promettoit au pays quelque felicité.
Au mefme temps ARCAS acheuoit fon voyage;
Bien deuant que l'Aurore euft diffipé l'ombrage
Il éueilla DAMON, qui franc de tout fouci
En fe frotant les yeux l'ouït parler ainfi.

A R C A S.

Rendons graces aux Dieux amateurs d'innocence;
Le foin qu'ils ont de nous paffe notre efperance;
Ils protegent les bons, & n'ont jamais permis
Qu'on puft en affurance outrager leurs amis;
D'autant qu'un bon deffein au trauail nous conuie
Pour randre à deux amans l'ufage de la vie,
Ils nous ont découuert où demeure DAPHNIS;
Nous euffions trauerfé des pays infinis
Sans trouuer ce Berger, s'ils n'euffent pris la peine.
De donner à nos pas une adreffe certaine:
Tu dormois ô DAMON, tandis MÉLINTE, & moi
Nous nous entretenions fous un orme à requoi,
Lors que la Renommée au milieu de la ruë
En berger déguisée à nous s'eft aparuë,
Et nous a dit, Amis ne vous tourmentez plus;
Les foins que vous prenez fans moi font fuperflus;

Daphnis *que vous cherchez a changé de figure*;
Vne magicienne a caché sa nature
Dessous celle d'un singe, & d'un sale plaisir
Contente auecque lui son lubrique desir;
Elle aimoit ce Berger, & lui tout au contraire
S'éforçoit d'éuiter les moyens de lui plaire.
Vn jour comme il cherchoit un mouton égaré
Elle vid ce Daphnis *d'elle tant desiré*;
Le conjura cent fois de prendre pitié d'elle;
Mais plus elle prioit, plus il étoit rebelle;
Elle en fut indignée, & fit soudain changer
En la forme d'un singe un si gentil Berger:
Vous le pouuez oster de cette tirannie
Pourvu que de vos cœurs la crainte soit banie.
Au point que dans le Ciel paroistra le Soleil
Vous verrez un Berger en bon-heur sans pareil
Qui comblé de faueurs en attendant sa belle
Dira près d'un étang les biens qu'il reçoit d'elle;
Il vous enseignera la funeste maison
De celle qui retient ce Daphnis *en prison*;
Quand vous l'aurez trouuée il faut que chacun tiène
Ferme dedans ses bras cette magicienne
De peur qu'elle n'échappe, & rouge de courous
N'excite par son art tout l'enfer contre vous:
En fin pleine d'écume, & presque sans haleine
Ses debiles poulmons ne respirans qu'à peine
Elle sera contrainte à randre ce Berger,
Et de l'enchantemant ses membres décharger.

*H ÿ

Cet homme dit ainsi, nous le voulions connoistre,
Mais sans répondre un mot on le vid disparoistre;
J'ouïs des ailes bruire, & l'air tout agité
Nous aprit que c'étoit une Diuinité:
MELINTE est retourné sur les riues de Seine
L'aprendre à COLLIREE, & la tirer de peine;
Cependant si tu veux sous l'enseigne d'Amour
Nous chercherons l'endroit où DAPHNIS fait sejour.

DAMON.

Allons gentil Berger, acheuons ce voyage;
Mais à quel haut dessein te porte ton courage?
Ne crains-tu point cet art qui tire puissammant
Les esprits de l'enfer, les corps du monumant?
Qui d'un mot fait couler les eaux contre leur source,
Et qui peut de la Lune interrompre la course?
Vne fois un Berger le plus sot du hameau,
Comme j'ai sçeu depuis, me prit un chalumeau;
Ie courus au deuin, mais cet homme sauuage
Conjurant les Demons d'un horrible langage
Auecque ses façons m'effroya tellemant
Que je me resolu de perdre l'instrumant,
Et sans me retourner viste je pris la fuite
Croyant auoir déja tout l'enfer à ma suite.

ARCAS.

Ne t'épouvante point, le Dieu que nous seruons
Commande à la magie, & se rit des Demons;

Berger asseure-toi que l'Amour qui nous meine
Promet à ce voyage une gloire certaine.

   Ainsi disoit ARCAS *gaussant l'autre Berger*
Qui s'étant r'asseuré fut prest à déloger.

EGLOGVE VIII.

ERGASTE. ARCAS. DAMON.

ARGVMANT.

ARCAS, & DAMON, selon ce qu'auoit dit la Renommée, rencontrent ERGASTE qui s'entretenoit dans une plaisante solitude au bord d'un étang,
& apprennent de lui la demeure de la magicienne
qui auoit enchanté DAPHNIS.

ERGASTE.

BEaux arbres dont cette eau se pare,& se courône
Au lieu de la fraischeur qu'à vos troncs elle dône,
Cignes, plongeons, canards qui hantez ce sejour
Auecque le Soleil me voici de retour;
Delices de mes yeux, beau lieu je te saluë;
Qu'on ne trouue jamais ta verdure polluë
Au carnage des cerfs qui chercheront ces eaux,
Et qu'ici nul que moi n'ameine ses troupeaux;
Sois tout seul le témoin de mon heureuse vie,
Si ce n'est la beauté dont mon ame est rauie :

Nompareille BELLINDE, *ornemant de ces lieux,*
Depuis que consumé des flames de vos yeux
I'ai soumis ma franchise à votre aimable empire,
L'Amour ne m'a fourni que des sujets de rire;
Comme j'oste la palme à tous les amoureux
Il n'est point de berger qui viue plus heureux;
On voit à mes souhaits succeder toutes choses,
Et les aduersitez loin de moi sont encloses;
Il semble que le sort se plaise à m'obliger;
L'orage n'ose plus mes moissons rauager,
Quelque Demon plus fort empesche cet outrage;
Mon bon-heur m'a randu le premier du vilage,
Et les biens chaque jour me venans à foison
Font voir les fondemans d'une grande maison:
Dedans tout ce pays ma joye est sans égale;
I'estime autant mon toit qu'une maison royale;
Ie voi de toutes parts le long de cent ruisseaux
Ainsi que mes sujets mes fertiles troupeaux;
Au lieu de l'or qui vient des nations étranges
Les gerbes à monceaux comblent toutes mes granges;
L'Automne me fournit de vins delicieux;
Mes vergers plains de fruits me font des enuieux,
Et le Ciel m'assistant de faueur non commune
En tous endroits je voi prosperer ma fortune.
C'est à vous ô beaux yeux qui m'auez enchanté,
C'est à vous que je doi cette prosperité;
Les arrests du Destin n'ont rien qui puisse nuire
Aux amans fortunez à qui vous voulez luire;

Tout ce que vous aimez est bien voulu de lui,
Et votre seul courous peut donner de l'ennui ;
Aussi chére BELLINDE *il faut que je vous donne*
De ces fleurs que je cueille une belle couronne ;
I'ai déja des melons, je ne manquerai pas
De vous les enuoyer pour le premier repas ;
De plus j'ai dans ma cage une jeune Aloüette,
Pour elle LIZIDOR *veut donner sa houlette,*
Mais il pouroit m'offrir la valeur d'un toreau
Que je ne voudrous pas lui donner cet oyseau ;
C'est pour vous, ô mon cœur, venez en ce riuage ;
Accourez, ma belle ame ; à ce plaisant ombrage,
Vous n'y serez si tost, que ce diuin sejour
Attirera de Cipre & Venus, & l'Amour.
Mais qu'est-ce que je voi? deux bergers vont ensemble
Dont l'un du bout du doigt me montre ce me semble.

DAMON.

ARCAS voila le lieu que la Deesse a dit ;
Voi ce gentil Berger, prends garde comme il rit,
Assurement c'est lui qui courtois nous doit dire
Où la magicienne en ces lieux se retire :
Berger doublons le pas, il marche droit à nous.

ERGASTE.

Quel sujet vous ameine ? Amis que cherchez vous?
Que ce chien fait de bruit ! vien-ça Gerfaut approche ;
Fais reuenir ce bouc qui grimpe à cette roche.

ARCAS.

Excuse-moi Berger si pour plaire à l'Amour
Ie te viens interrompre en ce diuin sejour
Où comme on peut juger ta vertu sans seconde
Confere auec les Dieux des miracles du monde;
Tu sçais bien les chemins par où je dois aller
Chez la magicienne à qui je veux parler,
Aumoins la Renommée en ce beau lieu m'ameine
M'assurant que par toi je sortirai de peine:
Ami ie te conjure au nom des puissans Dieux,
Et par celle qui plaist dauentage à tes yeux,
De dire si quelqu'une en ce pays champestre
Par ses enchantemans de toi se fait connestre;
Ainsi que ton bon-heur dure eternellement;
Que d'ici les Destins banissent le tourmant,
Que ce plaisant sejour te comble de delices,
Et que bien tost ta Nimphe accorde à tes seruices
Les dernieres faueurs, si déja ta beauté
Ne t'a fait obtenir cette félicité.

ERGASTE.

Oui ie connois la Fée, au moins dedans une heure
Tu pouras arriuer au lieu de sa demeure:
Au chemin de Paris un antre est sa maison,
Où l'on dit qu'elle tient vn Berger en prison.

Las!

ARCAS.

Las! c'eſt pour un berger que je me trouue en peine.

ERGASTE.

Tout côtre, au pié d'un roch prend ſource une fonteine;
Tu ne ſçaurois manquer, ſi tu cherches DAPHNIS
Tes trauaux ſe verront dans peu de temps finis;
Mais flaté des douceurs d'une telle entrepriſe
Garde bien d'y laiſſer toi-meſme ta franchiſe;
Il faut pour le r'auoir de la dexterité;
Cette magicienne à de la cruauté,
Et ſi tu ne ſurprends une ſi fiere beſte
Rien d'un ſi grand peril ne peut ſauuer ta teſte.

ARCAS.

Ie vous rends grace, ô Dieux, du ſoin que vous auez;
Vous auez commencé tout de meſme acheuez:
Adieu gentil Paſteur, que pour ta recompanſe
Toute ſorte de biens te vienne en abondance:
Continuons DAMON, *toujours un bon deſſein*
Au milieu des hazards trouue une bonne fin.

I

EGLOGVE IX.

MIRTIS. CLORIS. CLEADON.

ARGVMANT.

Deux belles bergeres MIRTIS, & CLORIS s'entretiennent des nouuelles du temps, l'une conte le depart de sa bonne amie qu'on marioit en Italie, & l'autre la mort de DORILAS frere d'HELICE qui croyant que COLLIRE'E fust morte s'étoit tué de regret: CLEADON seruiteur de CLORIS suruient là-dessus, & leur apprend comme il a vu DAPHNIS, dont il va porter la nouuelle à COLLIRE'E.

MIRTIS.

CHer troupeau de brebis paissez sur ce riuage;
Quoi? vous ennuyez vous dedans ce paturage?
Qui vous fait mépriser & le treffle, & le thin?
Sentez-vous comme moi la rigueur du destin?
Depuis le jour qu'ANNETTE a quitté notre Seine
Tout objet me déplaist, & je ne vi qu'en peine:
C'est en ce mesme lieu dessous ces arbrisseaux
Que causant toutes deux nous meniõs nos troupeaux;
Mais ô doux entretien ta douceur est passée,
Et je n'ai rien de toi que la seule pensée.

CLORIS.

MIRTIS je t'y surprends, quoi tu pleures mon cœur!
CORALIN ton berger a t'il quelque rigueur

Qui te puiſſe attriſter? dis-le moi ma chere ame
Puis que je ſçai déja comme l'Amour t'enflame.

Mirtis.

Tu te gauſſes Cloris, on pourroit alleger
Facilemant mon mal s'il venoit d'un Berger;
D'un feu ſi violant je ne ſuis pas épriſe
Que je ne puiſſe auoir aysémant ma franchiſe;
Et puis mauuaiſe fille oſes tu bien penſer
Qu'un homme ſi bien né me vouluſt offencer?
Il n'eſt point de Berger dont l'ame ſoit gentille
Qui ne cherche toujours d'obliger une fille.

Cloris.

Ie ne l'ignore pas, mais on voit chaque jour
Mille diſſentions accompagner l'Amour.

Mirtis.

Mon cœur, l'Amour n'eſt pas le ſujet de mes larmes,
Celle qui rauiſſoit par l'effort de ſes charmes
Tous les jeunes bergers qui demeuroient ici,
Anne, autrefois mon heur, maintenant mon ſouci,
Abandonne la France, & déja l'Italie
Riche de ce treſor rit de notre folie,
Et ſe moque de nous de ne pas conſeruer
Le plus bel ornemant qui nous puiſſe arriuer:

ANNETTE, étoit vraimant la moitié de moi-mesme,
I'auois en cette fille une fiance extrême;
Elle sçait mes secrets tout de mesme que moi,
La mesme heure qu'Amour se declara mon Roi
Ie lui di mes desseins, elle apperceut ma flame;
Ie ne pouuois aussi disposer de mon ame
Sans sa permission, puis que notre amitié
Vouloit qu'elle joüit au moins de la moitié:
De son dous entretien je demeurois raute;
Ie passois auec elle heureusemant ma vie;
Loin d'elle maintenant je n'ai que du tourmant;
Elle emporte mon cœur, & mon contentemant;
Ah parens falloit-il qu'elle fust enmenée,
Pour se ranger si loin à la loi d'Himenée?
Vous eussiez dans Paris trouué tant de partis;
Au moins vous n'eussiez pas desesperé MIRTIS;
Ie verrois ma belle ANNE, & l'heureuse journée
Qu'elle eust pris un mari je l'eusse couronnée.

CLORIS.

Ie n'en auois rien sçeu, je pense qu'aujourd'hui
Tout le monde me doit aprendre son ennui;
Le gentil DORILAS est mort pour COLLIREE;
HELICE toute en pleurs, triste, & desesperée,
Sœur de ce pauure amant, m'a contè cette mort;
Tu sçais que COLLIREE étant sans reconfort,
Et regretant DAPHNIS aux riues de la Seine
Sur le sable tomba sans poux, & sans haleine;

DORILAS l'apperceut, & tout comblé de dueil
Pensa qu'au lieu d'un lit il falloit un cercueil;
Pourtant il n'osa pas approcher plus près d'elle;
Cette jeune Bergere insensible, & cruelle
Pour d'autres que DAPHNIS, lui deffendit un jour
De venir auprès d'elle, & lui parler d'amour,
Et qu'elle desiroit que son obeissance
De son affection donnast la connoissance;
Lui trop religieux, & froid pour un amant
N'osa contreuenir à son commandemant;
Il fuit de ce qu'il aime, il pleure, & se tourmente
De ne jouïr d'un bien dont lui-mesme il s'absentë:
Il chercha dans vn bois un lieu bien écarté
Afin de soupirer auecque liberté,
Et le cœur agité d'une douleur si forte
Quand il se crut tout seul se plaignit de la sorte.
 Mes yeux qu'auez vous vu? quel étrange accidant
A fait que ce bel Astre est en son occidant?
Nompareille Beauté digne d'estre adorée,
Ma gloire, mon espoir, ma chere COLLIREÉ
Quels monstres inhumains vous ont donné la mort?
Hé quoi? n'auiez-vous pas puissance sur le-fort
Puisque mesme les Dieux venoïet vous rãdre hõmage
Dès qu'ils voyoient l'éclat de votre beau visage?
N'est-ce point pour punir votre extreme rigueur
Qui faisoit tous les jours augmenter ma langueur?
Ie ne le croirai pas, ceux qui le pouuoient faire
Eux-mesmes s'estimoïet bien-heureux de vous plaire:

Quoi que ce ſoit, mon cœur, j'ai ce dous reconfort
Que je vous obeïs juſqu'après votre mort,
Et je me ſuis tenu depuis votre ordonnance
Autant comme j'ai pu loin de votre preſance;
Si mes yeux, ô ma belle, ont bien oſé vous voir,
De le faire autremant je n'eus pas le pouuoir;
Toutefois ce poignard punira mon offance
D'auoir vu vos beautez contre votre deffance.
Sa ſœur qui l'écoutoit auſſi-toſt accourut;
Mais deuant qu'elle y vint ce pauure Amant mourut;
Il s'eſt percé le cœur, & l'ame enſanglantée
Se perdant parmi l'air au Ciel eſt remontée.

Ｍ ＩＲＴＩＳ.

Dieux! quel mauuais ＤＥＭＯＮ régne dedans ces lieux!
Tout ce que l'on y voit eſt funeſte à nos yeux;
Belle ＡＮＮＥ tu fis bien de changer de demeure
Puis qu'ici les malheurs arriuent à toute heure.

Ｃ Ｌ Ｏ Ｒ Ｉ Ｓ.

Ah! voici ＣＬＥＡＤＯＮ qui nous vient accoſter;
Il lui faut faire froid, je ne puis l'écouter;
Il me parle tousjours de ſon amour extreme;
Qu'il ſe pouruoye ailleurs, qu'ai-je affaire qu'il m'aime

Ｍ ＩＲＴＩＳ.

ＨＥＬＩＣＥ à ce qu'on dit a de l'amour pour lui.

Ｃ Ｌ Ｏ Ｒ Ｉ Ｓ.

Ouy ＭＩＲＴＩＳ, & l'ingrat la fait mourir d'ennui.

CLEADON.

Bergeres qu'auez-vous ? d'où vient votre tristesse ?
Il est temps maintenant de viure en allegresse,
DAPHNIS est retrouué, je viens de le laisser
Sur les riues de Marne, afin de l'anoncer
Dedans tout le pays, & retirer de peine
Sa Nimphe qui soupire au riuage de Seine.

MIRTIS.

Cela me réjouit, mais aprends nous Berger
Si tu sçais le sujet qui le fit déloger.

CLEADON.

Il vous contera tout attendez qu'il reuienne ;
Ie dirai seulemant qu'une magicienne
Chez elle le tenoit par son enchantemant ;
ARCAS l'ayant apris y courut prontemant ;
Cependant qu'il chemine il voit dessus sa teste
Se preparer en l'air une horrible tempeste,
Iunon forme une nuë, & vraymant on eust dit
Qu'elle desiroit là comme dessus un lit
Attandre Iupiter qui dardant son tonnerre
Contre l'orgueil des monts fait connoistre à la terre
Le temps de sa venuë, & que brulé d'amour
Il embrasse sa femme en ce moite sejour ;

Ce Berger à grands pas comme craignant l'orage
Court deuers un rocher où son braue courage
Par le desir de gloire augmentant sa vertu
Vid dessous ses efforts tout l'enfer abatu :
Lors que de toutes parts l'épaisseur de la nuë
Des beautez du Soleil lui déroba la vuë
Vn bruit comme de loin se fit ouïr en l'air ;
L'eau tombe à grosse goute, un pront, & vif éclair
Surprend les regardans, & l'on ne voit personne
Qui du coup qui le suit ne tremble, & ne s'étonne;
Chaque animal s'enfuit; à troupes les oyseaux
Cherchent en criaillant l'azile des rameaux ;
Le bouuier se retire, & fuyant de l'orage
Le laboureur en crainte abandonne l'ouurage :
Cette magicienne accourt legeremant
Se cacher en son antre auecque son amant
Qu'en la forme d'un singe elle traisne après elle
Par un chaisnon de fer, & bien qu'il soit rebelle
A ses sales desirs il faut que malgré lui
Il soufre pour lui plaire un eternel ennui :
Elle apperçoit ARCAS, s'enquiert comme on l'apelle;
Mais lui qui recherchoit une gloire immortelle
Sans répondre un seul mot la saisit rudemant,
La fait tomber à bas, & mèt superbemant
Vn genoüil sur son ventre, & d'une belle audace
Le poignard à la main la presse, & la menace
De lui donner la mort, si son art prontemant
Ne deliure DAPHNIS de son enchantemant.

                                            Comme

Comme autrefois en Grece on vid fur fon riuage
L'amoureux Achelois enuenimé de rage
Se batre pour l'Amour, & d'un effort nouueau
Paroiftre contre Hercule en forme de toreau;
Elle s'efforce en vain de fe mettre en franchife;
Ce Berger vigoureux ne lafche point fa prife;
Il la preffe toujours, & lui fait reffentir
Qu'un crime toft ou tard apporte un repentir.
Après bien des refus cette infame forciere
Remit le beau DAPHNIS en fa forme premiere;
On vid au lieu d'un finge un aimable pafteur
Qui cent fois rendant grace à fon liberateur
Abandonna cet antre, & pour finir fa peine
Il reuient par la Marne aux riues de la Seine.

MIRTIS.

Ne tardez-vous point trop? on attend après vous;
Faites à COLLIRE'E un meffage fi dous.

CLEADON.

I'y vais belle MIRTIS pourvu qu'on me permette
Que je parle à CLORIS d'une affaire fecrette.

CLORIS.

Adieu Berger, adieu, que faites vous ici?

CLEADON.

Me voulez-vous donner un eternel fouci?

K

CLORIS.

Berger parlez plus haut, que me voulez vous dire ?
Mirtis approche-toi, je pense qu'il veut rire.

CLEADON.

Commant pourroi-je rire au milieu des douleurs ?
L'Amour toutes les nuits trempe mes yeux de pleurs,
Et votre cruauté ne se fait jamais moindre ;
Helas quand la pitié viendra-t'elle nous joindre ?
N'aimerez-vous jamais celui qui meurt pour vous ?
Ne peut-on vous resoudre à borner ce courous ?
Ma belle, mon amour, mes futures delices
Verrai-je de mes maux toujours vos yeux complices ?
Faut-il belle CLORIS que je sois rejetté
Pour celui qui par tout rit de votre beauté ?
Ne vous y trompez pas, soyez un peu plus fine
AMINTE vous méprise, il aime sa voisine,
Les riuages de Seine, & les bois d'alentour
Ne parlent que d'Isis, & de sa ferme amour.

CLORIS.

Vous seriez bien trompé si ce n'étoit que feinte ;
Ne faites pas ce tort à mon fidelle AMINTE.
Tenez pour assuré qu'il m'aime dans le cœur,
Et qu'un autre jamais ne sera mon vainqueur.

CLEADON.

Adieu chere ennemie, adieu belle inhumaine,
La mort sera plus douce en finissant ma peine.

LE RETOVR DE DAPHNIS.

EGLOGVE. X.

DAPHNIS. COLLIRE'E.

ARGVMANT.

COLLIRE'E attend auecque impatience le berger DAPHNIS, & le blame en son cœur de tant tarder a venir; cependant ses compagnes s'entretiennent auecques les bergers; comme le Soleil se couchoit on ouït un grand bruit d'instrumans, c'étoit DAPHNIS qui retournoit par eau; COLLIRE'E court au deuant toute rauie.

DEja la Renommée en des lieux infinis
Apprenoit aux bergers le retour de DAPHNIS,
Et chacun s'atendoit de le voir la soirée;
Si ce n'est toutefois la belle COLLIRE'E
Qui dans l'impatience apprehendoit toujours
Que l'ennui qu'elle auoit deust manquer de secours;
Amour qui tient du feu depuis qu'il nous enflame
Ne veut jamais souffrir de repos en notre ame

K ij

Que quand il nous conduit dans les bras bien-aimez
De la rare beauté dont nous sommes charmez;
Toujours auec ardeur un amoureux desire
D'entretenir sa dame., & n'a que du martire
Quand il ne jouit pas des souuerains plaisirs
De qui l'espoir flateur chatouille ses desirs:
Cette fidelle Amante est sans cesse agitée,
Et sa vague pensée en mille endroits portée
Impute quelquefois à son fidelle Amant
Qu'il est cause tout seul de son retardemant;
Que son amour est tiede, & qu'il lui fait injure
De ne pas soulager les peines qu'elle endure:
Que ne viens-tu, dit-elle, ô Berger bien-aimé?
Las tu ne m'aimes plus , quelque autre t'a charmé,
Quelque Nimphe te tient qui peut-estre plus belle
Ne sera pas aussi d'une humeur si fidelle.
Tantost elle mécroit la foi du messager;
Ha, dit-elle, imposteur, perfide, & mensonger,
Injurieux Pasteur hé bien tu m'as deceuë,
L'esperance que j'ai de ton discours conceuë
De reuoir mon DAPHNIS en l'air s'éuanoüit ;
Ce beau berger est mort, ou quelqu'autre en jouit.
  Tandis que ces discours entretenoient son ame,
Les autres qui sentoient une pareille flame
Bergeres , & bergers en gardant leurs troupeaux
Arrangeoient mille fleurs, & faisoient des chapeaux;
MELINTE entretenoit la diuine ISABELLE;
CERILAS qui merite une gloire immortelle

Pour les belles chanſons que brulé de l'Amour
En faueur de NEREE *il écrit nuit & jour*
Charmant juſqu'aux rochers de ſa douce parole
Apprenoit aux bergers la mort du grand Sceuole
Docte , & fameux paſteur des riuages du Clain
Dont le puiſſant eſprit apparut plus qu'humain ;
La courtoiſe MELIS *diſoit le mot pour rire,*
Et gauſſoit ARDEMON *qui plaignoit ſon martire;*
IANETTE *dont l'eſprit étoit inquieté*
Penſoit à ſon Berger qu'elle auoit mal traité,
Et qui n'oʒoit pour lors ſe treuuer auprès d'elle;
DOLIRIS *repoſoit deſſus l'herbe nouuelle;*
CLEADON *ſoupiroit pour fléchir la rigueur*
Des ſuperbes beautez qui captiuoient ſon cœur;
ARGIS *qui ne ſe plaiſt que dedans le bocage*
Etoit en cette troupe aſſis deſſus l'herbage ,
Et diſoit que l'Amour le contraignoit d'aimer
Vne Diuinité qu'il n'oſoit pas nommer ;
L'amoureux CELIDOR *accuſoit* POLIRE'E
De toute la douleur qu'il auoit endurée;
Et le jeune LIRIS *gloire des beaux eſpris*
Liſant dans un papier de ſes diuins écris
Tel qu'un autre Apollon entretenoit ALPHISE
Du jour que ſes apas rauirent ſa franchiſe;
Les Nimphes de MEUDON *, diſoit ce beau Berger,*
N'ont jamais eu d'apas qui puſſent m'engager;
I'ai mépriſé leur mirte, & leurs belles couronnes;
Elles taſchoient en vain de pareſtre mignonnes ,

Ie m'eſtimois heureux de ne les aimer pas
Comme ſont les oyſeaux d'éuiter les apas
Que leur tend l'oiſeleur au milieu des delices;
L'Amour qui va tout nud ſe rit des artifices;
Non ce n'eſt pas le fard qui nous peut faire aimer;
Belle ALPHISE, mon cœur, quăd tu me vins charmer
Rien que le naturel n'ornoit ton beau viſage;
Dedans un clair ruiſſeau tu lauois à l'ombrage
La moitié de ton corps, tes cheueux voletoient,
Deux monts dedãs ton ſein d'eux-meſme ſe portoïēt,
Et tu ne craignois point que l'onde qui ſe joüe
Au ſoufle de Zephire approchaſt de ta joüë;
Auſſi mon feu tout pur comme l'eſt ta beauté
Peut pretendre à l'honneur de l'immortalité.
ALPHISE répondoit, LIRIS, ma chere flame
Tes ſeruices tous ſeuls peuuent plaire à mon ame,
Ie n'aime rien que toi, mon fidelle Berger;
Ainſi ces Amoureux taſchoient de s'obliger.

  Cependant le Soleil acheuoit ſa carriere,
Et d'autres nations demandoient ſa lumiere;
DAPHNIS ne venoit point; COLLIREE eſt en pleurs,
Et ne peut plus cacher ſes mortelles douleurs;
La pronte Renommée horrible, & redoutable
Aux diſcours qu'elle fait eſt toujours veritable;
Mais un autre DEMON que l'on nomme Faux-bruit
Qui fuiant la clairté ne marche que de nuit
Ainſi qu'un impoſteur prend ſouuant ſa figure,
Et raconte toujours quelque fauſſe auenture;

La Bergere à bon droit craint que ce ne soit lui
Qui promette Daphnis *pour flater son ennui;*
Mais à la fin les Dieux firent voir le contraire;
Comme son bel esprit ne sçauoit plus que faire
Elle ouit des hauts-bois, il parut un bateau
Que les Nimphes de Seine aidoient à fendre l'eau;
Du son des instrumans les riues retentissent;
Les Faunes, & Siluains aux bergers applaudissent
Qui chantent dans la barque, & conduisent l'Amour
Comme victorieux en son plus beau sejour;
Les riues de la Seine auparauant desertes
D'un peuple de bergers furent bien-tost couuertes;
Ils vouloient voir passer un triomphe si beau;
Venus parut au Ciel ainsi qu'un clair flambeau
Pour voir sõ cher Daphnis *qui tout couuert de gloire*
Portoit une couronne en signe de victoire:
Sa fidelle Bergere accourut pour le voir,
Et fut toute rauie au bord le receuoir;
Qui dira les transports où leurs ames se virent?
Et comme au mesme temps tous deux ils defaillirẽt?
Amour qui fus auteur de leur rauissemant
Apprends nous les baisers que receut cet Amant,
Et comme de sa part il embrasse, & caresse,
Et donne sa couronne à sa belle Maitresse:
Quand la premiere ardeur commença d'apaiser
Ses furieux boüillons à force de baiser
Daphnis *raui de joye, & l'ame un peu troublée*
Se fit ouir ainsi de toute l'assemblée.

DAPHNIS.

Delices de mes yeux , nompareilles beautez
Qui tenez en ce lieu tant de cœurs enchantez,
Agreable entretien de ma pudique flame,
Incomparable esprit qui rauissez mon ame,
Ma chere COLLIRE'E il est temps de banir
Les tristes déplaisirs de notre souuenir;
A son tour dans nos cœurs faisons régner la joye;
Iouissons du bon-heur que le Ciel nous enuoye;
Baisez moi , mon souci , ne tardons plus long-temps
De randre par l'himen tous nos desirs contens.
    Ainsi disoit DAPHNIS, sa Maitresse le baise,
Et dedans le transport témoigne ainsi son aise.

COLLIRE'E.

Puis que je voi DAPHNIS je n'ai plus de tourmant;
Les ris sont reuenus auecque mon Amant;
L'Amour qui fut auteur de mes cruels suplices
L'est aussi maintenant de mes cheres delices,
Et ceux qui me croyoient en la haine des Dieux
Bien-tost de mon bon-heur deuiendront enuieux;
DAPHNIS, mon cher souci, dous tiran de mon ame
Assurémant nos jours n'ont qu'une mesme trame;
Le Ciel dont le vouloir te fit naistre pour moi
Veut aussi que je viue, & meure auecque toi;

Ie

Ie rends graces aux Dieux qui touchez de ma peine
T'ont fait reuoir encor les riuages de Seine,
Et j'aurai foin d'orner leurs images de fleurs
Pour celui qu'ils ont eu de terminer mes pleurs.

Ainſi ces deux amans d'abord s'entreparlerent,
Et beaucoup de baiſers à leurs difcours meſlerent;
La belle COLLIRE'E euſt bien voulu ſçauoir
Commant ſur ſon Amant la forciere eut pouuoir,
Et DAPHNIS affranchi de ce cruel empire
Se mit beaucoup de fois en état de le dire;
Mais ſa fidelle Amante à force d'accoler
Elle meſme toujour l'empeſchoit de parler;
O que le calme eſt dous après un grand orage!
Et qu'on a de plaiſir d'échaper du naufrage!
La belle eſt tranſportée, & ne peut maitriſer
Le dous feu de l'Amour qui la vient embraſer.
Qui ſçait combien de fois ces Amans ſe baiſerent?
Les ombres de la nuit aux bergers le cacherent,
Et ne permirent pas que quelqu'un des humains
Profanaſt d'un regard des miſteres ſi ſaints:
Enfin dans la maiſon chacun fit la retraite,
Et la Bergere alors contente, & ſatisfaite
Courut deuers ſa mere où DAPHNIS la ſuiuit;
Cette femme pleura ſi toſt qu'elle les vit;
Elle conclud l'affaire; & prit une journée
Pour les joindre tous deux ſous la loi d'Himenée.

L

EGLOGVE XI.

Silvan. Aminte. Tarcis.

ARGVMANT.

Tarcis, & Aminte étans mal traitez de leurs Maitresses s'étoient retirez dans un antre pour se plaindre auecque plus de liberté de leur mauuaise fortune; Silvan vieux berger les y surprend, leur conte quelles furent ses amours en sa jeunesse, & comme un hermite le guerit de cette passion; il les console, & leur persuade de chanter quelque chose pour se diuertir; ce qu'ils font, & disent à l'envi les loüanges d'un illustre Pasteur.

AV GRAND PASTEVR ARMANT.

Vous de qui le merite éclate en chaque lieu,
   Et que tout ce pays réuere comme un Dieu;
Pasteur de qui le soin conserue nos prairies,
Et veille jour, & nuit dessus nos bergeries;
Incomparable objet de respect, & d'amour
Venez vous reposer dans ce plaisant sejour;
Laissez un peu la charge où votre ame s'aplique,
Et soyez attentif à la simple musique
De deux jeunes Bergers qui de leurs chants plus dous
Vont apprendre aux forests à bien parler de vous.
   Muses qui demeurez dedans ce lieu champestre
Toute votre douceur doit maintenant parestre,

Dous entretien des Dieux c'eſt à ce coup qu'il faut
Que votre bouche entonne un air un peu plus haut;
La flute, & la muſette en leurs douces merueilles
Ne ſçauent pas charmer toutes ſortes d'oreilles;
Les antres, & les bois à tous ne plaiſent pas,
Et les lieux écartez aux uns ſont ſans apas;
Si vous voulez parler de ces choſes ruſtiques
Randez de vos bergers les chants ſi magnifiques
Que le diuin ARMANT ne ſe puiſſe fâcher
Lors que de ſa grandeur ils voudront s'approcher.

Le Soleil aux rais d'or ſource de la lumiere
Etoit à la moitié de ſa longue carriere,
Et de ces chauds regards tariſſoit les ruiſſeaux
Faiſant pareſtre à ſec les joncs, & les roſeaux;
Les Nimphes recherchoient la fraîcheur des bocages,
Et déja les troupeaux ſe plaiſoient aux ombrages;
Lors qu'AMINTE, & TARCIS dãs un antre à l'écart
Furent ſecretemant s'entretenir à part,
Attendant que Veſper de la plaine fleurie
Rappellaſt les moutons dedans la bergerie;
TARCIS qui de MELIS adore la beauté
Commençoit a blamer l'Amour de cruauté
Qui ſans récompenſer ſon fidelle ſeruice
Soufroit qu'il enduraſt un injuſte ſupplice:
AMINTE d'autre part aſſis contre un rocher
Les yeux baignez de pleurs qu'il ne pouuoit ſeicher,
Et tenant l'un des piés en croix ſur ſa houlette
Auecque des ſoupirs ſe plaignoit de IANETTE

Qui pour le faux raport d'un esprit ennieux
L'auoit indignemant éloigné de ses yeux :
Quand le vieillard SILVAN *appesanti par l'âge*
A l'aide d'un bâton vint dans ce lieu souuage;
Il étoit bien auant que ces deux amoureux
N'auoient pas apperceu qu'il venoit deuers eux,
Tant leurs ames d'amour, & de douleur pressées
Au soin de leur fortune occupoient leurs pensées;
Ils l'ouïrent parler deuant que de le voir
Tels qu'un homme assoupi qui ne se peut r'auoir
Qu'a peine du sommeil quand de rude secousse
A la haste quelqu'un deux ou trois fois le pousse;
Surpris de sa venuë encor tout épleurez
Ils randirent la force à leurs sens égarez,
Et comme réueillez firent la reuerence
A SILVAN *qui rompit par ces mots son silence.*

SILVAN.

Amis que Pan vous tienne en sa protection;
Viuez sans infortune, & sans ambition;
Ici de toutes parts que vos troupeaux sans nombre
Puissent paistre à jamais le serpoulet à l'ombre,
Et que selon vos vœux en toutes les saisons
L'abondance des biens emplisse vos maisons :
Bien près de cette roche au bord d'une fonteine
Qui sur un sable d'or arrose cette pleine
Mirant dedans son onde un million de fleurs
Où la Nature a mis ses plus viues couleurs,

Attendant que du jour la chaleur fuſt paſſée
Vne douce vapeur deſſus mes yeux gliſſée
Me faiſoit ſommeiller, quand les triſtes accens
Qui partoient de cet antre ont reueillé mes ſens ;
La pitié qui fléchit le plus rude courage
M'a fait abandonner cet aimable riuage,
Et le deſir d'aider ceux que j'oyois gemir
M'a ſemblé preferable à celui de dormir :
N'ayeZ point de regret que j'aye vu vos larmes ;
Ie ſçai que c'eſt qu'Amour, & de quelles allarmes
Ses redontables traits ſçauent troubler un cœur
De qui l'oiſiueté l'a randu le vainqueur ;
Ie n'auois pas vingt ans que je ſentis dans l'ame
Les mouuemans diuers de ſa ſubtile flame ;
Vne rare beauté digne de voir ſes lois
Mettre en ſujétion la liberté des Rois
Me randit d'un clin d'œil eſclaue de ſes charmes,
Et contre ſes efforts ma raiſon n'eut point d'armes ;
I'étois bien éloigné d'en éuiter les coups,
Le joug qu'on m'impoſoit à mes ſens étoit dous :
Mais le temps dont le cours découure toutes choſes
Me fit voir que l'Amour ne montre que des roſes,
Et ſçait deſſous les fleurs les épines cacher
Afin que tout le monde oZe s'en-approcher :
Cette jeune merueille à qui la Deſtinée
Auoit d'un ferme arreſt ma liberté donnée,
Montroit en ſon viſage un exceZ de douceur
Qui ſembloit m'aſſurer d'en eſtre poſſeſſeur,

Et toutefois son cœur insensible à ma plainte
D'amour ni de pitié ne receut point d'ateinte,
Si tost que je fus pris on me vid endurer;
La belle se rioit de m'ouïr soupirer,
Et tous deux nous prenions une incroyable peine
Moi de montrer mes feux, & CALISTE sa haine.
Sa rigueur me força de quiter mon hameau,
J'abandonnai le soin de mon petit troupeau,
Et tout desesperé loin de nos paturages
Ie ne recherchois rien que les lieux plus sauuages,
Tant que nos vieux pasteurs du nom mesme des bois
Me nommerent SILVAN d'une commune vois :
Là consumé d'amour, langoureux, pasle, & triste
J'apprenois aux forests à parler de CALISTE;
Mon tourmant déplorable à faute de secours
Eust bien-tost terminé la course de mes jours
Sans l'aide d'un hermite a qui je dois la vie;
Il m'aprit les dangers dont Venus est suiuie;
Comme on perd le repos auecque la raison;
Que les maux qu'elle fait n'ont point de guerison,
Et tant d'autres malheurs qui nous priuent de joye
Depuis qu'à ses apas nous nous donnons en proye.
SILVAN, ce me dit-il, pour sortir des langueurs
Où CALISTE vous tient par ses longues rigueurs,
Il faut que votre esprit s'adonne aux exercices ;
L'oisiueté sans doute est la mere des vices,
Et sans elle l'Amour n'auroit pas le pouuoir
Que notre lâcheté lui fait sur nous auoir :

Il me prefcha fi bien que dès lors j'eus enuie
De randre la franchife à mon ame afferuie;
Ie taillai dans les bois cent ouurages diuers
Par lui mille fecrets me furent découuers;
Ce bon homme fi bien m'éleua le courage
Que portant mes defirs outre ceux du vilage,
D'une incroyable ardeur je deuins curieux
D'entendre quelque chofe au mouuemant des Cieux;
I'appris que c'est des vents; je fçeu preuoir l'orage;
Ie connu chaque fimple, & quel en est l'ufage;
Plus je deuins fçauant plus je voulus fçauoir;
A ne rien ignorer je mis tout mon pouuoir;
L'Amour de la vertu chaffa l'Amour du monde,
Et CALISTE à mes yeux ne fut plus fans feconde;
Beaucoup, ce me fembloit, égaloient fa beauté;
Ainfi je m'échappai de fa captiuité,
Et maiftre de moi-mefme on me vid hors de peine
Mener comme deuant mon troupeau dans la pleine.

Vous de qui le bel art en cent mille façons
Sçait rauir le Dieu Pan de fes douces chanfons,
Bergers que dans ces lieux juftemant on eftime,
Donnez à voftre Mufe un fujet plus fublime
Que celui qui vous porte à chanter de l'Amour,
Et faites retentir dedans ce beau fejour
Le nom de quelque Grand dont la fameufe gloire
Vous faffe viure enfemble au temple de Memoire;
Aux merueilles du Ciel éleuez vos efprits;
Fuyez de la beauté dont vous eftes épris;

Toujours à quelque chose occupez vos pensées
Qui puisse refroidir vos ardeurs insensées;
L'Amour redoute ceux qui sont laborieux;
Brisez dedans vos cœurs ses traits victorieux,
Et de tous vos efforts ruïnez son empire
Si vous desirez voir finir votre martire.

SILVAN tint ce langage à ces jeunes Amans
Dont les soupirs encor témoignoient les tourmans;
Ils eussent bien voulu ne pas faire paresstre
Auec combien d'empire Amour étoit leur maistre;
Mais le soin qu'ils prenoient ne seruoit que bien peu;
Il est bien mal-aysé de cacher un grand feu;
Les Amans ont beau feindre, on voit en leur visage
Des signes euidans de ce qui les outrage;
Après quelques propos voulans le contenter
Ces bergers desolez se mirent à chanter,
Et se laissant aller où l'ardeur le transporte
AMINTE le premier commença de la sorte.

A M I N T E.

Venerable Pasteur dont les sages âuis
Ont toujours contenté ceux qui les ont suiuis,
Bien que facilemant je ne puisse pas croire
De pouuoir sur l'Amour gagner une victoire,
Ni mesme de jamais auoir la volonté
De forcer la prison où je suis arresté,
Toutefois ô SILVAN je veux pour vous complaire
De mes chansons d'amour quelque temps me distraire,

Et

Et d'un vers dont l'éclat dure eternellemant
Celebrer des Pasteurs la gloire, & l'ornemant.

   Dedans un bois touffu qui separé du monde
Seroit exant de bruit sans une eau vagabonde
Qui coulant dessus l'herbe à l'ombre des rameaux
Murmure au pié d'un arbre, ou parmi les roseaux
Les neuf sauantes sœurs dont les vers adorables
Exantent de l'oubli les choses mémorables,
L'autre jour discouroient aux Nimphes de ces lieux
Du grand Pasteur ARMANT côme de l'un des Dieux:
Fuyant l'oisiueté tandis que dans la pleine
L'herbage enfloit le pis de mes bestes à laine,
Ie fus sans estre vu derriere un gros buisson
Ecouter les accords de leur douce chanson:
Là de mille plaisirs ayant l'ame rauie
I'apris les raretez qui brillent dans sa vie;
L'une d'elles contoit comme au jour glorieux
Que ce fameux Pasteur vit la clairté des Cieux
Elles furent ensemble au lieu de sa naissance
Répandre dessus lui des fleurs en abondance:
Ce jeune Demi-dieu riant dans son berceau
A ces diuinitez se faisoit voir plus beau
Que n'étoit Apollon quand du milieu de l'onde
Dans l'isle de Délos on le vid naistre au monde:
On jugeoit à le voir ce qu'il seroit un jour;
Ces Nimphes qui venoient pour lui faire la cour
Touchant mignardemant les cordes d'une lire,
  D'une commune vois se mirent à prédire

                M

Qu'il deuoit surpasser par ses faits glorieux
Tous ceux qui de mortels s'estoient rendus des Dieux ;
Qu'il seruiroit un jour de lumiere à la terre ;
Qu'on suiuroit ses conseils soit de paix, ou de guerre ;
Que les plus grands du monde aimeroient ses vertus ;
Que les vices seroient à ses piés abatus ;
Que sa faueur mettroit la science en estime,
Et qu'il seroit doüé d'un esprit si sublime
Que sa rare excellence entre les bons esprits
Se feroit justemant abandonner le pris ;
Qu'il seroit clair-voyant aux choses plus obscures,
Et que sage à preuoir toutes les auentures,
La France reprendroit par sa dexterité
La premiere splendeur de son autorité.
Nous voyons le succez de ces diuins oracles ;
L'incomparable Armant fait voir tant de miracles
Que le monde étonné ne faisant qu'admirer
Ne sçait de quelle marque il le doit honorer :
Quoi que l'on puisse rendre à son rare merite
Cette reconnoissance est toujours trop petite,
Et semble que l'on doiue ainsi qu'aux immortels
Eleuer à sa gloire un temple, & des autels
Si l'on veut lui donner une marque eternelle
Digne de la grandeur où sa vertu l'appelle.
　　Cet amoureux berger finit là son discours
Quand l'amable Tarcis, qui consacre ses jours
Aux misteres diuins des filles de Memoire
Se laissant captiuer aux apas de la Gloire

Enfla fa cornemuſe , & d'une forte voïs
Attira les Siluains du plus profond des bois.

Tarcis.

La douceur de ton chant a charmé nos oreilles ;
Les Satires rauis d'ouïr tant de merueilles
Sont tapis ſans mot dire ici tout alentour ;
Il faut, gentil Berger, que je chante à mon tour;
Ie veux à ton exemple enuoyer les loüanges
D'un homme ſi celebre aux terres plus étranges ;
Ie ſçai que j'entreprends un ouurage bien haut ,
Mais ſi pour l'acheuer le pouuoir me deffaut
Ie ſerai ſecouru d'une eſſence immortelle;
On ne doit craindre rien quand l'entrepriſe eſt belle;
Ceux qui ſuiuent la Muſe ont de certains tranſports
Qui ſur eux-meſmes font d'incroyables efforts:
Vn Dieu demeure en nous, ſon cocours nous enflame;
De mouuemans diuers il agite notre ame;
C'eſt lui qui par ma bouche eſt preſt de publier
Son beau nom qui jamais ne ſe doit oublier.
Champeſtres Deïtez , Faune, Siluain, Satire,
Et vous Pan qui jadis viſtes chanter Titire
Alors que ſes beaux vers des ans victorieux
Donnoient à ſon Daphnis un lieu dedans les Cieux,
Dites-moi de quel art charmant les Deſtinées
Il a pu ſurmonter l'effort de tant d'années,
Et ſi ce grand Paſteur paſſe dans ces chemins
Iettez au tour de lui des fleurs à pleines mains:

M ij

Sa vertu ne fçauroit eftre trop honorée;
C'eft la gloire, & l'honneur de toute la contrée;
Les plus rares efprits a qui l'ambition
Donne un defir d'atteindre à la perfeétion
Se propofent fa vie ainfi qu'un bel exemple
Où le plus aueuglé facilemant contemple
Toutes ces qualitez dont le riche ornemant
Fait qu'un homme mortel vit éternellemant;
Sa bouche à des douceurs qui rauiffent le monde;
Son infigne éloquence à nulle autre feconde
Diffipe les deffeins des hommes faétieux;
Tel qu'on voit un torrent qui d'un cours furieux
Renuerfe ce qui veut empefcher fon paffage;
Tel on voit le pouuoir de fon diuin langage
Flechir les vains efpris dont la fubtilité
Tend à priuer les lois de leur autorité:
Il n'eft rien de pareil à fa magnificence;
Sur lui les vertueux fondent leur efperance;
Il fera reuenir le beau fiecle doré;
C'eft lui qui nous procure un repos affuré,
Et tafche à rejetter bien loin de notre terre
Deffus les étrangers l'orage de la guerre.
Que pour fa recompenfe il foit aimé par tout;
Que de tous fes deffeins fon efprit vienne à bout;
Que la gloire toujours enuironne fa tefte;
Que le jour qu'il nâquit foit pour nous une fefte
Où tous les bons François d'un cœur deuotieux
Randent graces à Dieu d'un bien fi precieux.

Ainſi chanta TARCIS, *les Nimphes l'entendirent*,
Echo lui répondit, les foreſts retentirent;
Apollon qui l'ouïr ne put ſans ſe fâcher
Se voir par le Deſtin contraint à ſe coucher,
Car il n'eſt point de vers qu'il aime dauentage
Que ceux, ô grand Paſteur, où l'on vous rend hômage;
Pan demeura raui d'ouïr un chant ſi beau;
C'étoit un grand plaiſir que de voir ſon troupeau
Où ſa chere brebis ſe retenant de paiſtre
Ecoutoit ſans branler la chanſon de ſon maiſtre;
Le ciel étoit ſerein, le Zephir ſeulemant
Sou-leuoit les rameaux d'un petit mouuemant;
L'étoile de Venus commençoit à reluire
Signe que les troupeaux ſe deuoient reconduire,
Et dedans la maiſon ſe mettre en ſeureté;
Le Soleil enmenoit auec lui la clairté;
Déja l'ombre tomboit des plus hautes montagnes,
Et tous les laboureurs delaiſſoient les campagnes;
Alors que ces bergers regagnans leur hameau
Chaſſerent deuant eux doucemant leur troupeau
Qui de crainte des loups tout en un ſe reſerre;
SILVAN *les couronna de deux brins de lierre,*
Et les remerciant les voulut obliger
De venir tous les jours près de lui ſe ranger.

  Paſteur ayez a gré cette chanſon champeſtre;
Après votre beau nom vous n'y verrez pareſtre
Aucune rareté qui ſoit digne de vous;
Ie ſçai que je ne puis dans mes vers les plus doux

De vos rares vertus tracer la belle image,
Mais un autre que moi ne feroit dauentage :
Grand Esprit que le Ciel deuoit à l'vniuers
Pour assister les Rois en tant de soin diuers
Qu'ils ont pour maintenir l'honneur de leur empire,
Votre merite est tel que quoi qu'on puisse dire
Il me faut auouër qu'apres les Deïtez
Nul ne vous peut louër comme vous meritez.

EGLOGVE XII.

ME´LIS. AMINTE. IANETTE.

ARGVMANT.

LA bergere ME´LIS remèt AMINTE en bonne
intelligence auecque sa Maitresse qui l'auoit dis-
gracié sur un faux raport qu'on lui auoit fait qu'il
en aimoit un autre.

ME´LIS.

OV sont tous ces sermans d'une amour eternelle ?
Ma sœur veux-tu toujours faire de la cruelle ?
I'ameine ton AMINTE, il le faut receuoir ;
Garde bien d'abuser du souuerain pouuoir
Que ta rare beauté te donne sur son ame ;
Tu ne peux l'oublier sans encourir du blame.

AMINTE.

Ma belle que l'Amour ne me soit jamais dous;
Que toujours mes troupeaux seruët de proye aux loups,
Et que l'œil des sorciers y cause mille pertes;
Qu'au plus beau mois de l'an mes ruches soiët desertes;
Que l'outrage du vent fasse tomber mes fruits,
Et bref que le malheur me donne mille ennuis
Si j'ai manqué jamais de vous estre fidelle:
Las! quelle autre après vous me pourroit sēbler belle?
Ie ne voi point d'issuë à ma captiuité;
Vous auez ma Bergere une telle beauté
Que lors qu'une belle ame à vos lois s'est soumise
Elle ne peut jamais reprendre sa franchise:
Ie suis brulé d'un feu qui durera toujours;
Il n'appartient aussi qu'aux vulgaires amours
A trouuer dans le change incontinant leur terme;
L'ardeur qui me possede est si forte, & si ferme
Que nous deuons finir ensemble en mesme jour,
Encor croy-je au tombeau conseruer mon amour:
Ne faites point de tort à votre insigne gloire
Imaginant qu'un autre ait sur moi la victoire.

IANETTE.

O Dieux! que les bergers usent de fictions!
Ils n'ont que du langage en leurs affections;

Tu fçais combien ARGIS *a trompé de bergeres*
Auec ses paßions fauſſes, & menſongeres.

MÉLIS.

ARGIS *eſt un berger qui vit en liberté,*
Et ne parle d'amour que par ciuilité;
Tu le blames à tort, s'il a trompé quelqu'une
Elle en doit accuſer la mauuaiſe fortune;
Il n'a jamais penſé qu'aucun le puſt blamer
DE *dire qu'un bel œil le contraignoit d'aimer;*
MAIS *laiſſons ce Berger dont l'amour n'eſt que feinte;*
Il n'en n'eſt pas ainſi de ton fidelle AMINTE;
Ah! ſi tu l'auois vu comme je l'ai trouué
Paſle comme la mort, de ſentimant priué,
Les yeux dreſſez au Ciel, & ne tirant qu'a peine
DE *ſes foibles poulmons une petite haleine,*
Tu ne penſerois pas qu'il feigniſt de t'aimer,
Et qu'un autre que toi puſt ſon cœur enflamer;
Ie croyois qu'il fuſt mort, & qu'un exceʒ de rage
L'auroit porté lui-meſme à ſe faire vn outrage
Quant m'approchant j'ouïs qu'il diſoit baſſemant,
ISIS *ne veux-tu point moderer mon tourmant?*
Peux-tu bien aſſurer que je t'aye offencée?
Helas! je n'ai jamais que toi dans la penſée;
Les Nimphes de la Seine, & les bois d'alentour
*Ne parlent que d'*ISIS, *& de ma chaſte amour.*
  C'eſt ainſi que parloit un Amant ſi fidelle;
Après cela mon cœur lui ſeras-tu cruelle?

Ie ne

Ie ne veux plus te voir si son extreme foi
Ne le rend desormais bien venu près de toi.

IANETTE.

Ton langage a sur tous un souuerain empire,
Et quoi qu'on puisse faire on ne te peut dédire ;
Qu'AMINTE continuë il trouuera toujours
Son ISIS fauorable à ses chastes amours.

AMINTE.

Mon Ame vos faueurs me redonnent la vie
Que vos rudes mépris m'auoient presque rauie ;
Ne craignez qu'à changer je puisse consentir ;
Vos liens sont trop beaux pour en vouloir sortir ;
C'est la plus belle gloire où tout le monde aspire
Que de se voir soumis à votre aimable empire.
Vous courtoise MÉLIS qui m'auez assuré
Quand la rigueur d'ISIS m'auoit desesperé
Viuez toujours contente, & que les Destinées
Vous donnët dans le monde un grand nöbre d'années.

EGLOGVE XIII.

ARDEMON. HELICE. ARGIS. MOLEARQVE.

ARGVMANT.

ARDEMON veut persuader à HELICE de l'aimer, & lui represente qu'il n'y a que lui qui

N

ſoit infortuné dedans tout le pays depuis le retour de
DAPHNIS; HELICE s'excuſe, & s'enfuit de lui: ARGIS
ſuruient qui taſche à le conſoler, & remettre ſon ame
en liberté: comme ils parlent enſemble MOLEARQVE
les interrompt, & leur apprend que les nopces de
DAPHNIS, & de COLLIRE'E ſe deuoient celebrer
le lendemain.

ARDEMON.

L'A fortune a ceſſé d'exercer ſa rigueur;
　　Tout le monde en ces lieux a l'allegreſſe au cœur
Depuis qu'on voit DAPHNIS ſur les riues de Seine,
Et le ſeul ARDEMON vit maintenant en peine.
HELICE tes mépris me font mourir d'ennui;
Tu meurs pour CLEADON, tu n'aimes rien que lui,
MAIS cet heureux Berger croit que ſa gentilleſſe
MERITE de complaire à plus d'une maitreſſe,
Et ne veut pas ſouffrir qu'une ſeule beauté
Obtienne du pouuoir deſſus ſa liberté;
Il ſuit par tout CLORIS; il te donne eſperance
D'accorder quelque choſe à ta perſeuerance;
CLIANE le rauit, & tu verras un jour
Que pour en trop aimer il ſera ſans amour:
N'aime plus ce Berger qui neglige ta flame;
Montre-toi fauorable aux deſirs de mon ame,
Et ne mépriſe plus ma forte paſſion
Pour celui qui ſe rit de ton affection.

Helice.

Ie te plains Ardemon, *& franchemant j'auouë*
Que ta perseuerance est digne qu'on la louë :
Ie ne merite pas que tu m'aimes si fort;
Pourtant de tes ennuis tu me blames à tort;
Comme tu ne peux pas au fort de ton martire
Affranchir ta raison de mon cruel empire :
De mesme pense aussi que je ne puis sortir
Des fers où Cleadon *m'a fait assujettir :*
Notre sort est pareil ; j'aime sans estre aimée,
Et sans fruit par l'Amour ta belle ame est charméez
Las ! que ce beau Berger *ne brule t'il pour moi*
Auec la mesme ardeur que je remarque en toi ?
Que je serois contente ! & que ma douce vie
Donneroit justemant à chacun de l'enuie !
Amour dans mes douleurs trouues-tu des apas?
Tu mets en mon pouuoir ce que je ne veux pas ;
Le gentil Ardemon *reconnoit mon empire,*
Et je ne puis atteindre à ce que je desire :
I'ai fait vœu toutefois d'aimer jusqu'à la mort ;
Ma vie, & mon amour auront un mesme sort,
Et toujours Cleadon *d'une ardeur insensée*
Sera tout mon desir, & ma seule pensée.

Ardemon.

Las ! quel funeste arrest ! recours des innocens,
Considere Thémis les douleurs que je sens;

Toi *Belle* dont mes yeux adorent la puiſſance,
HELICE pour le moins laiſſe-moi l'eſperance,
Et ne permets jamais que par trop de rigueurs
La mort t'oſte quelqu'un de tes adorateurs.

HELICE.

ARDEMON reſouds-toi d'aimer quelqu'autre fille
Plus aimable que moi, plus douce, & plus gentille;
Voila tout le conſeil que je te puis donner:
Adieu, je ſuis preſſée, il m'en faut retourner.

ARDEMON.

Eſt-ce ainſi que tu fuis ô ma belle Déeſſe?
Où t'en vas-tu ſi toſt auec tant de viteſſe?
Suis-je quelque ennemi qui te vueille forcer?
Arreſte un peu tes pas ; qui te peut tant preſſer?
Ou permets pour le moins que nous allions enſemble;
La troupe des Siluains bien près d'ici s'aſſemble;
Attens mon beau Soleil de peur que ces vilains
Ne mettent deſſus toi leurs impudiques mains.
Helas ! un vent contraire emporte ma priere;
Tu n'as garde pour moi de tourner en arriere;
Qu'une extreme rigueur eſt jointe à ta beauté!
Puis qu'il eſt ordonné que ma fidelité
N'obtiendra jamais rien ſur une ame ſi dure,
Au moins contente-toi des peines que j'endure,

Et ne conseille plus ton miserable Amant
D'aimer une autre fille, & fausser son sermant;
Plutost les belles fleurs déplairont aux abeilles,
Plutost les rossignols cederont aux corneilles
Pour la douceur du chant, & dedans nos troupeaux
Les loups seront vaincus par les simples aigneaux :
HELICE si tu veux sois-moi toujours cruelle,
Mais ne m'incite point à me randre infidelle;
Souffre que tes apas me tiennent en prison,
Et que jamais mes maux n'ayent de guerison :
I'aimerois mieux mourir que d'étcindre la flame
Que tes diuins attrais allument dans mon ame.

A R G I S.

Que dites-vous Berger? la mort n'a point d'apas;
Ce sont de grands chemins qui meinent au trépas,
Mais pour en reuenir toute voye est fermée:
Abandonnez HELICE indigne d'estre aimée;
Vous pouuez posseder assez d'autres beautez;
Mais lors que par la mort nos jours sont limitez
Ils ne retournent plus, & la Parque ennemie
Ne veut jamais deux fois filer la mesme vie:
Auec un peu d'effort dégagez votre cœur,
Et qu'un œil ennemi n'en soit plus le vainqueur :
La femme est orgueilleuse, & toujours tiranise
Celui que ses apas ont priué de franchise,
Et quiconque desire en estre bien traité,
Il faut qu'il se conserue un peu de liberté;

Elle careſſe ceux qui lui font reſiſtance,
Et mépriſe ceux-là qui ſont en ſa puiſſance.

ARDEMON.

Ah qu'il vous eſt aiſé de diſcourir ainſi
N'étant comme je ſuis accablé de ſouci!
L'Amour deſſus mon cœur exerce un tel empire
Que meſme il me reduit à cherir mon martire:
Perſonne en ma douleur ne me peut ſecourir:
I'en hays le remede, & ne veux pas guerir.

ARGIS.

Pan garde-moi toujours de cette tiranie;
Que la ſujétion loin de moi ſoit banie;
Exante-moi des fers de ce monſtre inhumain:
Mais voici MOLEARQVE un bouquet en la main
Qui ne peut s'empeſcher de chanter, & de rire;
Il marche droit à nous, oyons ce qu'il veut dire.

MOLEARQVE.

Amis quelle pareſſe en ce lieu vous retient?
La troupe des bergers ici près s'entretient
Auecque COLLIREE, & toute la contrée
Sçait qu'on verra demain ſa nopce celebrée;
Son Amant a fait dire aux plus gentils bergers
Soit des riues de Seine, ou des bords étrangers

Qu'il doneroit deux pris pour ceux qui plains de gloire
A bien faire des vers gagneroient la victoire :
Chacun vous y demande, adieu gentils Pasteurs,
Que Palès, & l'Amour vous comblent de faueurs.

ARGIS.

Qui te presse si fort? ne trompe nos attentes;
Nous esperions tous deux d'ouïr comme tu chantes;
On dit en ce pays qu'il n'est rien de pareil;
Nous auons bien encor quatre heures de Soleil;
Attens que la chaleur ne soit plus importune;
Tu seras sur le soir éclairé de la Lune.

ARDEMON.

Ie t'en conjure aussi, tu nous feras plaisir;
Ne mécontentes pas notre juste desir.

MOLEARQVE.

La belle COLLIRE'E à la ville m'enuoye
Acheter des lassès, & des rubans de soye
Pour faire ses presans; il la faut contenter.

ARGIS.

Ie te donne un mouton, & viens deuant chanter.

ARDEMON.

Voi-la des coudriers nous irons à l'ombrage.

MOLEARQVE.

C'eſt grand cas que tout cede à votre dous langage!
Il faut vous accorder tout ce que vous voulez;
Les plus fermes par vous ſont toujours ébranlez:
Ma Nimphe l'autre jour me commanda d'écrire
Les vers d'un jeune Amant, je m'ē vais vous les dire.

   FLORINE mon ſouci je beni ta priſon
Où tous les maux que j'ai trouuent leur gueriſon;
Si toſt que je me plaints tu donnes le remede ;
On ne peut ſurpaſſer le bien que je poſſede,
Et je me voi de toi ſi doucemant traué
Que je ſerois faſché d'auoir ma liberté:
Mais pour quelle raiſon me ſerois-tu cruelle?
I'ai le corps aſſez beau, j'ai l'ame ſi fidelle
Que tout le long du jour je ne penſe qu'à toi;
Tu ferois un peché de douter de ma foi;
Ie voi mon amitié de toutes deſirée;
ALPHISE me ſourit; j'ai vu meſme NEREE
Me faire les doux yeux m'aſſurant que ſon cœur
Si je la recherchois n'auroit point de rigueur,
Chacune voudroit bien gouuerner mon ménage;
Ie ſuis toujours garni de beurre, & de formage;
I'ai to⁹ les ans au moins deux douzaines d'aigneaux;
Pan le Dieu des bergers a ſoin de mes troupeaux;

J'ai du vin, & du blé, j'ai des nois, & des pommes,
Et je possederai tout ce qu'il faut aux hommes
Pour les rendre contens si je jouïs de toi;
Ton pere n'a-t'il pas de l'amitié pour moi?
Et ne consent-il pas à notre mariage?
Concluons le marché, n'attendons dauentage;
I'en veux faire parler, au moins tu le veux bien?
Tu n'as garde à cela de contredire en rien;
Toujours tō cœur pour moi s'est fait voir tout de flame,
Et l'Amour autremant n'eust pas blessé mon ame;
Car je n'estime point ces superbes beautez
Qui pour leurs amoureux n'ont que des cruautez.

ARGIS.

Voila tres-bien chanté, je tiendrai ma promesse;
Ce jeune Amant jamais n'engendre de tristesse,
Il aime étant aimé; qu'ARDEMON fasse ainsi,
Et nous verrons bien-tost la fin de son souci.

MOLEARQVE.

Adieu, je ne puis pas m'amuser dauentage.

ARGIS.

Puisse-tu sans danger acheuer ton voyage;
Pour moi tout de ce pas je m'en vais augmenter
La troupe des bergers pour les ouïr chanter;
Le gentil ARDENOR, & son frere MÉLINTE
Font toujours resonner les champs de quelque plainte

O

Pour deux rares beautez dont les noms glorieux
S'élevent maintenant jusque dedans les cieux.

ARDEMON.

Adieu, je suis fasché de ne vous pouuoir suiure;
Que toujours le Destin sans soin vous fasse viure.

ARGIS.

Qu'HELICE quelque jour soit facile à vos vœux,
Et que le mesme feu vous échauffe tous deux.

EGLOGVE XIV.

CELIDOR. DOLIRIS. ARDENOR. CLEADON. CLIANE.

ARGVMANT.

CELIDOR importune la bergere DOLIRIS pour obtenir d'elle un baiser qui lui est refusé : après quelques contestations elle demeure d'accord d'aller auecque lui au logis de DAPHNIS où déja il y auoit une grande assemblée de bergers ; entre autres ARDENOR, & CLEADON qui tous deux étoient amoureux de CLIANE; chacun d'eux pretend estre le mieux venu auprès de sa Maitresse qui juge leur differant.

CELIDOR.

Greable Bergere il faut que je te baise
Si tu veux que je viue, & que mon feu s'apaise;

Quoi me refuses-tu ce que j'ai merité?
Peux-tu bien te resoudre à tant de cruauté?

DOLIRIS.

Laisse moi CELIDOR, *va t'en garder tes chévres.*

CELIDOR.

Pour le moins que je baise auparauant tes lévres;
Viens ma petite Nimphe embrasser ton ami;
Crois moi tu ne feras le chemin qu'à demi.

DOLIRIS.

Ne m'importune plus; je ne puis dauentage
Sans me mettre en colere ouïr un tel langage.

CELIDOR.

Veux-tu donc que je meure à faute d'un baiser?

DOLIRIS.

Ne croi pas CELIDOR *me pouuoir abuser:*
Ce n'est que perdre temps, je connois ta feintise.

CELIDOR.

Si ta grace en effet captiue ma franchise,
Et si sans fiction je ressans tes apas
Changeras-tu d'humeur, & n'obtiendrai-je pas

O ij

De ma chere Bergere une douce caresse ?

DOLIRIS.

N'attends que de la haine, & que de la rudesse.

CELIDOR.

Qu'ai-je fait contre toi pour estre ainsi traité.

DOLIRIS.

Il sufit CELIDOR que c'est ma volonté.

CELIDOR.

Attendant que le chaud appaise sa furie
Viens belle DOLIRIS au sein de la prairie
Dessus l'herbe molette ouyr mes chalumeaux;
Ou choisis si tu veux l'ombre de ces ormeaux ;
Il ne m'importe pas, pourvu que tes oreilles
Soient juges de mes chants je ferai des merueilles.

DOLIRIS.

Contente ton esprit dedans sa vanité;
Quand à moi je ne trouue aucune volupté
D'entendre tes chansons qui ne sont pas égales
En douceur seulemant à celles des Cigales.

CELIDOR.

Fille que ton orgueil me donne de tourmant!
N'as-tu point de pitié d'un miserable Amant?

Prends garde que l'Amour n'abaiſſe ton audace.

DOLIRIS.

Sçache que DOLIRIS *ne craint point ta menace.*

CELIDOR.

Au moins que je te meine au logis de DAPHNIS
Ou ſe ſont aſſemblez des bergers infinis;
Les bergeres auſſi de tout le voiſinage
Y vont de toutes parts pour eſtre au mariage
De ces fameux Amans qui plus heureux que moi
Demain publiquemant ſe donneront la foi.

DOLIRIS.

Ie le veux CELIDOR, *j'irai ſous ta conduite.*
Cet Amant fit ainſi ſa premiere pourſuite,
Et cependant DAPHNIS *careſſoit la Beauté*
Qui régnoit ſur ſon cœur, & ſur ſa liberté;
En diuers entretiens on paſſa la journée;
Entre autres deux Bergers d'une ardeur obſtinée
Diſputerent long-temps de leur felicité;
Chacun d'eux eſtimoit eſtre le mieux traité
De la belle CLIANE, *& que dans ſon ſeruage*
Deſſus ſon compagnon il auoit l'auantage;
L'un étoit ARDENOR, *& l'autre* CLEADON;
Ces bergers amoureux laiſſoient à l'abandon
Tout leur petit ménage afin de pouuoir ſuiure
CLIANE *ſans laquelle aucun d'eux n'eut pu viure:*

La troupe des bergers pour se donner plaisir
Voulut à les ouyr employer son loisir;
Pour juger leur debat CLIANE *fut éluë,*
Et sur eux exerçant sa puissance absoluë
Entre ses deux Amans la Belle se plaça,
Et de cette maniere ARDENOR *commença.*

ARDENOR.

Nompareille CLIANE *à qui ce païsage*
Doit tout son ornemant, ses fleurs, & son herbage,
Qui peut bien ignorer sinon des étrangers,
Que je suis au dessus des plus heureux bergers?
Tous les jours vos faueurs m'en donnent témoignage;
Votre bouche n'a point de plus commun langage;
Toutefois CLEADON *oze bien se vanter*
Que rien à son bon-heur ne se peut ajoûter;
Qu'il tient le premier rang en l'amoureux Empire;
Qu'il n'éprouua jamais ce que c'est que martire;
Que l'on voit toute chose à ses vœux succeder,
Et sans aucun debat que ie lui dois ceder:
Pourquoi donc si souuent fait-il au Ciel sa plainte
Si ce n'est que son ame est de douleur atteinte?
Ie le vi l'autre jour d'une mourante vois
Conter son infortune aux Deïtez des bois;
CLIANE, disoit-il, plus dure qu'une roche
S'enfuit d'auprès de moi si tost que ie l'approche;
Et puis qu'il dise encor que je lui dois ceder,
Et qu'il à le pouuoir de me déposseder

Du souuerain bon-heur où votre amour m'éléue;
Il faut qu'à son orgueil il donne vn peu de tréue,
Et qu'il n'attende pas ce miserable Amant
De se voir condanné par votre jugemant:
Mais voila qu'il sou-rit, & ne veut pas se rendre;
Qu'il pense donc comment il se poura deffendre;
Ie ne voi rien pour moi qui soit à redouter
Puisque c'est auant vous que je doi disputer;
Ma Nimphe vous sauez auec combien de gloire
I'ai dessus mes riuaux emporté la victoire;
Ie vous fais compagnie à rire de leurs pleurs;
Ie sçai tous les discours qu'ils font de leurs douleurs;
Vous ne me cachez rien, & mon bon-heur extréme
Me fait estre auec vous comme un autre vous mesme;
Souuant au lieu de vous ie garde vos troupeaux;
Vous vous fiez sur moi du soin de vos aigneaux;
Tous les plaisirs que i'ai ne se doiuent pas dire;
Les Demi-dieux des champs le Faune, & le Satire
Sont bien souuent témoins de ma felicité
Quand nous mãgeons ensẽble aux longs iours de l'Esté
Du fruit, ou de la cresme; ou quand dessus l'herbage,
Pour nous desennuyer nous chantons à l'ombrage:
Belle conseruez moi la fortune, & l'honneur
Où m'éleue auiourd'hui votre insigne faueur,
Et ne permettez pas que i'aye cette honte
De voir qu'auprès de vous un autre me surmonte:
Ie ne veux pas ici conter imprudammant
Des biens que ie reçois en secret seulemant,

Bien que l'honnesteté soit toujours leur compagne;
Ma Bergere il sufit que dans cette campagne
Tout le monde vous croit la premiere en beauté,
Et moi le plus heureux qui iamais aye esté.

　　Ainsi dit ARDENOR, & dès qu'on le vid taire
CLEADON commença de parler au contraire.

CLEADON.

Bergere que je sers comme une Deité
Le monde est ignorant de ma felicité;
Dedans ma passion j'ai cette retenuë
Que le plus que je puis je la tiens inconnuë;
Mais quiconque sçaura que je brule pour vous,
Que mon cœur a l'honneur de receuoir vos coups,
Et qu'Amour s'est serui de sa plus belle flame
Afin que votre empire assujetist mon ame,
Il ne doutera pas qu'une telle prison
Met ma felicité hors de comparaison;
Il n'est rien de pareil à mes cheres delices;
C'est bien recompenser mes fidelles seruices
Que de les receuoir, & de les estimer;
L'honneur de vous seruir, & la gloire d'aimer
Vne chose si haute est une recompance
Qui vaut mille fois plus que toute ma constance;
Vous régnez doucemant, & je suis mieux traité
Que ma fidelle amour n'a jamais merité;
Si parfois je me plains, ce n'est pas ô ma Belle
Que je trouue en effet que vous soyez cruelle;

　　　　　　　　　　　　Ardenor

Ardenor s'eſt trompé; je me plains ſeulemant
De ne pas meriter un ſi bon traitemant:
Mais il eſt ignorant de ma bonne fortune;
Lui, pour qui vous n'auez qu'une amitié commune,
Il reçoit vos faueurs en preſence de tous,
Mais pour moi vos beaux yeux ne ſēblent jamais dous
Que quand nous ſommes ſeuls, de crainte que l'enuie
Par quelque trahiſon ne trouble notre vie:
Lors que ſans fiction l'Amour nous fait bruler
Nous cherchons les moyens de le pouuoir celer;
Mais quand on feint d'aimer c'eſt une grande joye
Qu'on le ſçache par tout, & que chacun le voye:
Que ce jeune Berger ne ſe tourmante plus;
Ses diſcours auſſi bien ſe trouuent ſuperflus;
Ie ſçai bien quelle gloire accompagne une vie
Depuis que ſous vos lois on la voit aſſeruie;
Mais dedans vos liens quoi qu'il diſe aujourd'hui
S'il a quelque bonheur j'en obtiens plus que lui:
Toutefois belle Nimphe, ici je me veux taire;
Que dirois-je de plus? l'amour eſt un miſtere
Que ſans commettre un crime on ne peut diuulguer,
Et deſormais en vain je voudrois haranguer
Puiſque vous connoiſſez ſans autre témoignage
A qui votre bel ame a donné l'auantage.
  Là ce gentil Berger termina ſon diſcours;
Cliane, dont les yeux produiſoient mille amours
Attirant d'un regard tous les autres ſur elle
Prit ainſi la parole, & vuida leur querelle.

CLIANE.

Bergers puisque vos cœurs adorent ma beauté,
Et pensent triompher en leur captiuité
Il faut que votre amour ait quelque récompance;
Continuez de viure en la mesme croyance
Que vous auez tous deux, & que ce soit le pris
Des trauaus que pour moi vous auez entrepris;
Vous estes bien-heureux puisque vous croyez l'estre;
Conseruez toujours l'aise où l'on vous voit parestre
Car ainsi je l'ordonne, & que tout amoureux
Vous deffere l'honneur d'estre les plus heureux.

Dès qu'elle eut acheué chacun se mit à rire;
Mais les deux Amoureux regardans sans mot dire
L'adorable Beauté qui possedoit leurs cœurs,
Et se voyans ainsi ni vaincus, ni vainqueurs
Furent bien empeschez, & ne sçachans que croire
Chacun d'eux à la fin se donna la victoire.

LES NOPCES DE DAPHNIS, ET DE COLLIRE'E.

EGLOGVE XV.

ARGVMANT.

DAPHNIS, & COLLIRE'E accompagnez de tous leurs amis sont conduits au temple pour estre

mariez; ler bergers viennent de toutes parts en l'aſſemblée qui ſe fait pour celebrer les nopces; après le
feſtin lors qu'on eut quelque temps dancé, on propo-
ſa deux pris pour ceux qui diroient les plus beaux
vers: vnze bergers tantent la fortune; Apollon lui-
meſme ſous la figure du paſteur SILVAN en eſt le
juge, & après tous ces paſſetemps la compagnie ayant
ſoupé on meine les deux Amans dans la chambre
nuptiale, où ils joüiſſent heureuſemant du fruit de
leurs amours.

L'Aurore auoit chaſſé les ombres de la nuit;
   Déja dedans la ruë on entendoit du bruit,
Et le flambeau du jour commençant ſa carriere
Redonnoit aux mortels ſa clarté coutumiere:
Si toſt que COLLIREE eut apperceu le jour
Epriſe viuemant des flames de l'Amour,
Et ſentant dans ſon cœur croiſtre leur violance
Elle ſortit du lit pleine d'impatiance:
Vainemant d'une aubade on penſa l'éueiller;
La Belle toute nuit n'auoit pu ſommeiller,
Mais toujours beau Soleil attendant ta venuë
De ſon fidelle Ami s'étoit entretenuë:
D'un veſtemant de Nimphe elle couurit ſon corps,
Et d'un ſoin curieux elle fit ſes efforts
D'accroiſtre auecque l'art ſa grace naturelle;
Sa compagne MIRTIS ſe rendit auprès d'elle;
IANETTE, & POLIREE, ISABELLE, & MELIS
Dès la pointe du jour ayant quitté leurs lits

S'y treuuerent enfemble, & labelle NERE'E
Y vint bien-toſt après ſoigneuſemant parée;
OLIMPE a qui DAMON donne ſa liberté
Fit là pareillemant montre de ſa beauté;
La brunette CLORIS, & l'amoureuſe ALPHISE,
Qui du jeune LIRIS captiuoit la franchiſe,
CLIANE, DOLIRIS, HELICE aux treſſes d'or,
Et la jeune DELON qui commençoit encor
A reſſentir au cœur les feux de Cytherée
Se rangerent de meſme auprès de COLLIRE'E.
D'autre coſté DAPHNIS ſon bien-heureux Amant
Entre tous ſes Amis alloit pompeuſemant
Saluër ſa Bergere auec impatiance
De poſſeder les fruits de ſa longue eſperance;
MELINTE, ARGIS, DAMON, TARCIS, & CERILAS,
ARDENOR, & LIRIS accompagnoient ſes pas;
AMINTE, & CELIDOR les ſuiuoient à la piſte,
Et le pauure ARDEMON langoureux, paſle, & triſte,
Qui taſchoit, bien qu'en vain, d'oublier ſon malheur
Pour eſtre ce jour-là d'une plus belle humeur:
ACASTE, CLEADON, CORILE, POLIDORE,
ARCAS, & MOLEARQVE, & mille autres encore
A troupes s'amaſſoient pour celebrer ce jour
Où DAPHNIS receuoit le pris de ſon amour:
Si toſt que ce Berger entra chez ſa maitreſſe
Il la fut embraſſer; les ris, & l'allegreſſe,
Les jeux, & les plaiſirs entrerent comme lui,
Et l'on chaſſa de là toute ſorte d'ennui.

Déja tout étoit prest pour commancer la feste;
La belle COLLIRE'E *auoit deſſus la teste*
Vn beau chapeau de fleurs; on oyoit les haut-bois,
Et déja les bergers d'une confuſe vois
Appeloient à hauts cris le Dieu de l'himenée:
Cette Bergere en fin au temple fut menée
Où près de ſon Amant entre mille plaiſirs
Elle obtint le pouuoir d'accomplir ſes deſirs.
Les ſermans étoient faits, & la ceremonie
Au gré des aſſiſtans étoit preſque finie;
Quand ERGASTE *arriua de chacun ſouhaitté;*
Ce fut par ſon moyen que DAPHNIS *mal traité*
D'une magicienne échapa du ſeruage,
Et libre de ſes fers reuint dans ſon vilage:
Le puiſſant SERION, *la gloire des beuueurs*
De Bourgongne venant tout chargé des faueurs
De ſa courtoiſe ORINDE *accrut cette aſſemblée;*
LIZIDOR *vint après ayant l'ame comblée,*
DE *joye, & de plaiſir d'amener la Beauté*
DONT *les puiſſans apas le tenoient enchanté;*
LERINTE *le ſuiuit, & la jeune* CLIMENE
Auecque ſon ACANTE *arriua de Touraine:*
Cependant COMAZIS *preparoit le feſtin;*
Qui me pourra nombrer combien tout le matin
Les bras a demi-nus il fit mourir de beſtes?
Toute l'antiquité n'a jamais vu de feſtes
Où l'on ait fait pareſtre un appareil ſi grand:
Les couteaux font un bruit, un murmure s'entend;

L'air refonne à l'entour, l'odeur de la cuifine
Se repand doucemant dans la pleine voifine;
On s'echauffe a l'ouurage, & l'art du cuifinier
En cent mets differens deguife le gibbier.
Les Satires portans le pampre fur la tefte;
Les Faunes réjouïs de venir à la fefte,
Et les mornes Siluains pour honorer ce jour
A troupes defcendoient des coftes d'alentour :
Les uns chargeȝ de vins plyoient fous les bouteilles;
D'autres tous échauffez fous le faix des corbeilles
Vouloient fournir de pain; d'autres portoient du fruit;
Pan marche deuant eux c'eft lui qui les conduit,
Et l'efpoir de paffer une bonne journée
Sembloit ragaillardir fa face enluminée.
Auffi-toft que l'on vid les bergers retourner,
Par ordre on difpofa ce fomptueux difner;
Les tables paroiffoient dans le bois de Boulogne
Ou déja le Dieu Pan contrefaifoit l'yurogne :
On fait marcher les plats au fon des inftrumans;
Chacun fe réjouït, & par fes mouuemans
Montre fon appetit auec fon allegreffe;
L'Amant fe mèt à table auprès de fa Maitreffe;
Les vieillards font affis auecque grauité
Selon l'ordre de l'âge, ou de la paranté;
On ceffe de parler; cefte gaillarde bande
Selon fes goufts diuers decoupe la viande,
Et le plaifant Bacchus fait fentir à fon tour
Ce que peut fa liqueur aux efclaues d'Amour.

Le jeune SERION *couronné de lierre*
Déja plus de cent fois auoit vuidé son verre,
Quant prenât un vaisseau que lui-mesme auoit fait,
Et qu'un autre que lui n'eust pu vuider d'un trait,
Il défia la troupe, & se vanta qu'à boire,
Il pouuoit dessus tous emporter la victoire:
ACANTE *se leua témoignant à ses yeux*
Qu'il cômençoit à voir deux Soleils dans les Cieux,
Et seul il entreprit agité de furie
De rabattre l'orgueil de cette vanterie;
SERION *se sous-rit, & ferme du cerueau*
Sans reprendre son vent vuida son grand vaisseau;
ACANTE *le regarde, & la face vermeille*
Renuerse dans ce vase une grosse bouteille;
Il le porte à sa bouche; & tasche à le vuider;
Mais la vapeur l'offusque; il se sent gourmander;
Son corps est affoibli; ses vineuses prunelles
Auecque leurs regards jettent des étincelles;
Il tombe à la renuerse, & trop foible de cœur
Il seruit de risée au superbe vainqueur:
Chaque berger s'écrie, & la pauure CLIMENE
Rouge de ce malheur se vid en grande peine
D'excuser son Ami qui trop audacieux
Attiroit dessus lui la vangeance des Cieux.

Au sortir du repas l'amoureuse jeunesse
En des branles diuers témoigna son adresse;
Chacun tient sa bergere, & lui parlant d'amour
Auec mille transports va dancer à son tour;

Tout le bois retentit sous le bruit des musettes,
Et par tout à l'ombrage on parle d'amourettes.
DAPHNIS *pour obliger les plus gentils esprit*
Après ces passetemps leur proposa deux pris
Pour ceux qui fauoris des filles de Memoire
A bien faire des vers gagneroient la victoire:
Ils furent attachez aux branches d'un ormeau,
Le plus riche des deux étoit un grand tableau
Où la belle Venus de mirthe couronnée
De ses petits Amours étoit enuironnée;
On l'auoit peinte nuë, & les traits de son corps,
Brillans dessus la toile étaloient des tresors
Qu'on ne peut contempler sans ressentir en l'ame
Les premiers mouuemans d'une naissante flame;
Bacchus étoit auprès qui tout rouge de vin,
Et les cheueux couuerts de grapes de raisin
Qui pendoient à leur pampre admiroit la Déesse,
Et sembloit à le voir qu'il fist quelque promesse,
Il lui tendoit la main; elle d'autre costé,
Se montrant fauorable à cette Deïté
Tendoit aussi la sienne, & par leur contenance
On jugeoit qu'ils faisoient une ferme alliance.
Le second pris étoit un lut tout marqueté,
Où le poëte Orphée au vif representé
Fléchissoit de son chant les bestes plus sauuages;
Entraisnoit les rochers . & charmoit les bocages
Qui marchoient après lui chargez de mille oyseaux
Qui tous cois pour l'ouir étoient sur les rameaux:

                                        Des

Des branches de laurier en couronnes tournées
Pour les victorieux étoient là destinées;
Vn desir genereux de se faire estimer
S'empare des bergers, & les vient animer;
L'espoir les rend hardis, & brulent tous d'enuie
D'acquerir par les vers une immortelle vie.
Comme on se preparoit a debatre les pris
Le puissant CEPHILORE a chanter bien appris
Arriua dans le bois où toute l'assemblée
Reçeut ce grand Pasteur d'allegresse comblée
Qu'il eust accru son nombre, & se vint presenter
Pour témoigner sa force en l'art de bien chanter.
Apollon qui des vers est le Prince, & le Maistre
Pour adjuger les pris entre eux se fit parestre
En berger transformé qui fut aussi-tost pris
Pour SILVAN qui brilloit entre les beaux esprits:
Tous ces fameux pasteurs en qui les doctes Muses
Auoient auec plaisir leurs sciences infuses
Se placerent de rang à l'ombre des rameaux,
Et mettans tous leurs nôs dans l'un de leurs chapeaux
Firent tirer au sort afin que la fortune
De chanter le premier fust à chacun commune;
Celui de CEPHILORE au gré des assistans
Paroissant le premier les rendit tous contans
De voir que la Fortune aueugle, & sans conduite
Se fust accommodée à son rare merite;
Ils se rangerent tous selon l'ordre du sort,
  Et le grand CEPHILORE auecque du transport

2

D'un langage plus haut que n'est pas l'ordinaire
Obligea pour l'oüir tout le monde à se taire.

PREMIER CHANT.

SVR LA GRANDEVR DES ROIS.

CEPHILORE.

Nous deuōs tous nos soins aux loüanges des ROIS
Qui voyēt l'vniuers sous le joug de leurs lois;
Il faut toujours par eux commencer un ouurage,
Et tous les beaux espris leur doiuent rendre hōmage;
Les Princes souuerains ne tiennent que de Dieu;
Ils sont dessus la terre établis en son lieu,
Et doüez d'une force à nulle autre seconde
Auecque la justice ils maintiennent le monde;
Ils sont accompagnez d'une Diuinité
Qui met dedans leurs cœurs la generosité,
Et leur fait entreprendre auecque de la gloire
Ces grandes actions qui remplissent l'histoire,
Et de tiltres fameux honorent les vertus
Dont leurs diuins espris ont paru reuestus:
D'un soin particulier Dieu veille sur leur vie,
Et comme leur couronne est d'affaires suiuie
Il preside aux conseils qu'ils tiennent pour régner;
Il soutient leur grandeur, & les vient enseigner
Comme il faut reprimer l'orgueilleuse insolance
Des mutins qui sans crainte attaquēt leur puissance;

Dieu détruit les projets de ces audacieux,
Et veut qu'on obeisse aux Rois comme a des Dieux
Qui regissent la terre , & sous leur diadesme
Nous font voir un rayon de sa grandeur supresme;
Sous leurs puissantes mains toute chose se voit;
Rien ne peut dispenser de l'honneur qu'on leur doit;
La personne des Rois est saincte, & venerable,
Et ce seroit commettre un crime irreparable
Si l'on s'imaginoit qu'il pust estre permis
De les oster du trosne ou le Ciel les a mis.
Nous qui sommes François nous auons cette grace
Que notre puissant Roi tous les autres surpasse;
Dieu régne auecque lui; Dieu le meine aux combas,
Et chasse loin de lui ce qui renuerse a bas
Les superbes desseins du plus puissant Empire
Quand les iniquitez ont excité son ire :
Son Sacre montre assez sa diuine grandeur,
Et comme l'vniuers en toute sa rondeur
N'adore point de Roi qui lui soit comparable;
Qui ne sçait un miracle à jamais memorable ?
Comme lors que Clouis abjura les faux Dieux
Nous receusmes du Ciel un tresor precieux
Pour oindre tous nos Rois, & rendre plus auguste
Parmi les nations un Empire si juste :
Les fleurs de lis alors descendirent des Cieux,
Et dans nos étendars firent en mille lieux
Connoistre le pouuoir de nos diuins Monarques
Dieu qui de son amour nous donne tant de marques

Nous oblige de mesme au soin de ces beaux Lis,
Et d'aimer d'autant plus des Rois tant accomplis.
Dieu veuille que Lovis enuironné de gloire
Sur tous ses ennemis emporte la victoire;
Que l'Empire, ô bergers, obeïsse à sa loi;
Que le peuple Saxon le reçoiue pour Roi,
Et qu'étant souuerain dessus toute la terre
Il enchaisne à jamais le démon de la guerre.

    Ainsi dit Cephilore, & si tost qu'il cessa
Le docte Gerilas à son tour commença.

SECOND CHANT.

EN FAVEVR DE BACCHVS.

CERILAS.

MAintenant que le vin échauffe ma ceruelle
Il me plaist de parler de l'enfant de Semele;
Vous dire sa naissance, & comme l'uniuers
A vu de toutes parts ses triomphes diuers.
Toi qui fais souuenir des histoires passées
Victorieux Bacchus seconde mes pensées;
Di toi-mesme ton himne, & visible à nos yeux
De ta diuine vois fais résoner ces lieux.

    La fille de Cadmus fut autrefois si belle
Que le grand Iupiter deuint amoureux d'elle;
Il va lui témoigner qu'il souffre du tourmant;
Qui pourroit repousser un Dieu si vehemant?

A force de preſſer elle tomba pâmée
Sous l'effort de celui dont elle étoit aimée:
Son ventre en peu de temps découurit cette amour,
Et bien toſt, ô Bacchus, tu deuois voir le jour
Quand Iunon l'apperceut, & ſe ſentit ſaiſie
Du dangereux poiſon d'une aſpre jalouſie;
Chacun connoiſt aſſez de quelle inuention
Elle arreſta le cours de cette affection,
Et ſéduiſant ta mere auec un faux viſage
Sur elle ſe vangea d'un ſi ſenſible outrage;
Ie ne decrirai point le tragique trépas
De celle dont ton pere adoroit les apas,
Et comme cet Amant armé de ſon tonnerre
En viſitant ta mere épouuanta la terre;
Le logis eſt brulé juſques au fondemant;
Il voit perir Semele en cet embraſemant;
Ce Dieu veut ô Bacchus te ſauuer du naufrage,
Et ne permettre pas que la flame t'outrage;
Du ventre de ta mere il arrache ton corps,
Et le tenant tout tel qu'il pouuoit eſtre alors,
Imparfait, & debile en ſa cuiſſe il l'enferme
Pour acheuer le temps qui manquoit à ſon terme:
Quand le cours de la lune eut accompli neuf mois
Tu naquis ô Bacchus pour la ſeconde fois;
Le monde auec plaiſir te vid prendre naiſſance,
Vne Nimphe eut le ſoin d'éleuer ton enfance ;
Tu te rendis bien-toſt la merueille des yeux;
Toujours en peu de temps on voit croiſtre les Dieux;

Le jugemant leur vient sans l'aide des années;
Tu parus dans le monde après quelques journées
Aussi beau que l'Amour, & tout nud comme lui;
Les Nimphes oubliant toute sorte d'ennui,
Le sauuage Siluain, le Faune, & le Satire
Se soufmirent deslors à ton aimable Empire;
La vigne, & le raisin naissoient dessous tes pas ;
Les neuf sœurs d'Apollon trouuerent tant d'apas
A suiure ta grandeur qu'Hippocrene en ses riues
Ne put pas plus long-temps les retenir captiues;
Ta vigne les rauit, & ressentant au cœur
La diuine vertu de ta chere liqueur
De ton pampre agreable elles te couronnerent,
Et le mesme ornemant à ton thirse donnerent;
Les tigres inhumains furent par toi dontez,
Et traisnerent ton char où de tous les costez
On voyoit en berceaux, pour une marque insigne
De ta diuinité, des feuillages de vigne ;
Tes prestres agitez de ta sainte fureur
Dançant au tour de toi donnent de la terreur
Aux profanes mortels qui méprisans tes festes
Refusent de porter le pampre sur leurs testes ;
On oit un bruit confus de flûtes, & haut-bois;
Les monts, & les forests gemissent sous leurs vois;
Celles qui t'adoroient d'une ardeur indontée
Pour vanger ton honneur déchirerent Penthée
Qui te nommoit Auteur de misteres trop vains,
Et te vouloit chasser du terroir des Thebains ;

Tous ceux qui follemant suiuirent sa manie
Virent de maux diuers leur offence punie ;
La crainte de ton nom emplit tout le pays ;
Au bruit de ta grandeur les peuples ébays
Fléchissent sous ta force, & nul n'oze plus dire
Qu'il faut exterminer ton fleurissant Empire.
Les Indes contre toi ne pouuant resister
Trouuerent des apas à se laisser donter ;
Par tout où tu passois en ce fameux voyage
Tu faisois addonner le peuple au labourage ;
Les bons arbres fruitiers commencerent alors
De se multiplier, & montrer leurs tresors
Dessus les sauuageons, & l'on trouua l'usage
De fouler les raisins, & les mettre en breuuage :
Tu conduisis ta troupe aux lieux plus écartez
Où chacun ressentit tes liberalitez ;
Mais sur tous les pays les costes de la Grece
Firent voir aux humains ta feconde richesse ;
C'est là qu'ayant couru tout ce grand vniuers
On fit voler ton nom sur l'aile des beaux vers,
Afin que ton triomphe illustre, & plain de gloire
Pust acquerir un bruit d'éternelle memoire.
Tu visitas depuis le terroir des François,
Et pour faire les vins tu leur donnas des lois :
Beaux fleuues, & ruisseaux qui d'une onde superbe
Ainsi que des serpens vous trainez dessus l'herbe
Vous vistes naistre alors le mépris de vos eaux ;
Alors on trouua l'art de faire des tonneaux

Pour conſeruer le vin tout au long de l'année;
Alors de toutes parts la terre fut ornée
Du beau plan de Bacchus, & l'on vid tous les ans
Au gré des vandangeurs renaiſtre ſes preſans.
Puiſſante Deïté qui chaſſes la triſteſſe,
Et conſerues toujours la fleur de ta jeuneſſe
N'abandonne jamais les lieux circonvoiſins;
Fais que toujours nos ſeps ſoient chargez de raiſins;
Ainſi nos vignerons en leurs belles vandanges
Ne ceſſeront jamais de chanter tes louanges.
    Là ce fameux Berger ceſſa de diſcourir,
Et peu de temps après ARCAS ſe fit oüir
Animé d'une ardeur qui, ce ſemble, l'inuite
A ne point démentir le bruit de ſon merite,
Mais donner à ſes vers tant de riches beautez
Que tous les écoutans demeurent enchantez.

TROISIESME CHANT.

OV LA FABLE DE CISSVS EST
DECRITE.

ARCAS.

IE veux auſſi parler de l'auteur de la vigne,
Et d'un ſujet nouueau qui d'un tel Dieu ſoit digne
Enchanter vos eſprits dedans un dous tranſport
Pourvu que ſa faueur me ſerue de ſuport,

Et ſi vous ignorez pourquoi Bacchus enferre
Son thirſe, & ſes cheueux de branches de lierre,
Apprenez-le, Bergers, & doctes deſormais
Couurez vous en beuuant d'un feüillage ſi frais
Qu'il donte la chaleur, & calme la tempeſte
Qu'un vin fort,& puiſſant excite dans la teſte.
    Entre ceux que Bacchus tenoit pour fauoris
L'agreable Ciſſus fut un des plus cheris,
Il marchoit à ſa ſuitte, & jamais ſon courage
Ne ſouffrit que ſon maiſtre entrepriſt de voyage,
Où toujours des premiers d'une incroyable ardeur
Il ne ſe fiſt juger digne de ſa faueur.
Ce Dieu dans le bon-heur d'une belle conqueſte
Voulut que ſes ſujets celebraſſent ſa feſte;
Il auoit à ſon pampre adjouté les lauriers,
Et marchant en triomphe entre tous ſes guerriers
Deſſus un éléphant en ſigne de victoire
Il retournoit de l'Inde auec beaucoup de gloire;
Ses gens autour de lui témoignoient à leurs cris
Quel excez de plaiſir poſſedoit leurs eſpris;
On oyoit les haut-bois, & les rouges Ménades
Au ſon de leurs baſſins faiſoient mille gambades;
Ciſſus eſt des premiers à chanter les combas
Où les Indes ont vu toute leur pompe à bas;
Ce jeune fauori pour complaire à ſon maiſtre
De tous ſes compagnons le plus gay veut pareſtre,
Il ſaute, il dance, il rit, & trop audacieux
Il prouoque un Satire a qui fera le mieux,

R

Et croit que son honneur receuroit un outrage
Si l'autre pour l'adresse emportoit l'auentage;
Mais tandis qu'il s'éxerce en de si beaux ébas
Auecque trop d'ardeur, il ne s'apperçoit pas
D'une profonde fosse, où tombant de rudesse
Il termina sa vie au temps de sa jeunesse:
Bacchus qui se plaisoit en sa gentille humeur
Receut de cette perte une extreme douleur,
Et voyant ce beau corps couché dessus la terre
Il en fit a l'instant la souche d'un lierre
Afin qu'il pust reuiure, & rendre sa beauté
Toujours recommandable à la posterité;
Le peuple s'étonna d'une telle auenture;
Au lieu d'un beau garçon il voit de la verdure;
Ce n'est plus qu'un feüillage, & dans ce changemant
Il a, ce semble, encor quelque ressentimant
De son mal'heur passé, quelque part qu'il approche,
De crainte de tomber d'un nœud ferme il s'accroche;
Les vieux troncs, & les murs en paroissent couuerts
Ses feüillages sacrez demeurent toujours verts,
La rigueur de l'hyuer ne lui fait point d'injure,
Bacchus lui fit ce don de vaincre la froidure,
Afin que les beuueurs aux plaisirs adonnez
Fussent de ses rameaux en tout temps couronnez,
Et qu'Apollon n'eust point dessus lui d'auentage
Conseruant au laurier un èternel feuillage;
Il aime le lierre, & veut qu'a l'aduenir
Tous les siecles futurs s'en puissent souuenir.

Il parla de la forte, & s'impofa filence:
DAMON de qui l'efprit bruloit d'impatience
Saliia l'affemblée, & parlant à fon tour
Difcourut aux bergers des effets de l'Amour.

QVATRIESME CHANT.

Contenant les Amours de Theolite, & la
recompence qu'il en eut.

DAMON.

A Greables Bergers des riuages de Seine
  Qui comblez de bôheur n'auez poit d'autre peine
Que celle dont l'Amour agite vos efpris,
Apprenez de quel feu Theolite eft épris,
Et voyez au fuccez de fa perfeuerance
Qu'il n'eft jamais faifon de perdre l'efperance.
  Il fe plaifoit aux champs, & durant les eftez
Preferoit le vilage aux plus belles citez;
Son humeur un peu morne aimoit la folitude,
Et s'éloignant du bruit s'adonnoit à l'étude.
Bien près de fa maifon couloit un clair ruiffeau
Enuironné d'un bois qui defendoit fon eau
Des rayons du Soleil, & de fon frais ombrage
Rendoit la terre humide à l'entour du riuage;
Mille fleurs y croiffoient, & comme pour un Dieu
Vn éternel printemps fe voyoit en ce lieu:

C'eſt là qu'il s'entretient, c'eſt au bord de ceſte onde
Qu'il remarque à loiſir l'inconſtance du monde;
Comme il n'a rien de ſtable en ſa felicité,
Et que ſes grands treſors ne ſont que vanité:
Son cœur ſe trouue libre, & quoi qui ſe preſente
Poſſede ſon eſprit; tout objet le contente;
Nul ſouci ne le trouble en ce plaiſant ſejour;
Il n'a jamais ſenti les bleſſures d'Amour;
Il eſt Roi de ſoi-meſme, & les plus beaux viſages
Ne le touchent non plus que de rares images
Qui contentent les yeux, mais ne contraignent pas
De perdre pour les voir ni ſommeil ni repas:
Quelquefois il ſe baigne, & lors ſe fait pareſtre
Tel qu'aux yeux de Venus Adonis pouuoit eſtre;
Il n'eſt rien de plus beau; la ſimple antiquité
L'euſt ſans doute adoré comme une deïté:
Par fois, ô grands Eſpris, il lit dans vos ouurages
Combien l'Amour aux ſiens fait reſſentir d'outrages;
Par fois au ſon du lut il accorde ſa vois,
Et fait de ſes chanſons reſonner tout le bois.
Vn jour comme il chantoit une dame tres-belle
Parut deuant ſes yeux ainſi qu'une immortelle;
Ses filles la ſuiuoient; elle auoit l'arc en main,
Les flèches au carquois, & d'un port plus qu'humain
Montroit ſa bonne mine, & ſembloit vouloir dire
Que tout deuoit fléchir ſous ſon puiſſant Empire:
Theolite eſt raui de voir cette beauté;
Son cœur eſt en ſuſpens, & ſe trouue tanté

De ſe rendre à la Belle, & ſouffrir ſa franchiſe
En de ſi beaux liens eſtre à jamais ſousmiſe.
Amour pour ſe vanger de cet audacieux
Qui l'auoit mépriſé ſe cacha dans les yeux
De cette Chaſſereſſe, & d'un trait tout de flame
Frappa de là ſon cœur, & captiua ſon ame:
Ce nouuel Amoureux ſe ſentant conſumer
Aborda la beauté qui le faiſoit aimer;
Belle Nimphe, dit-il, prenez en ce bocage
Vn petit de repos au frais de cet ombrage;
Les dains viendront ici pour ſe deſalterer;
Si vous le deſirez vous les pourrez tirer;
Il fait tres-bon s'aſſeoir deſſus cette verdure
Où l'on oit de cette eau l'agreable murmure;
Ie toucherai mon lut pour vous entretenir:
Mais tout ce beau diſcours ne peut rien obtenir,
Et cette Chaſſereſſe autre part ſe retire
Laiſſant ce pauure Amant accablé de martire;
Le poiſon de l'Amour l'enuenime à loiſir;
Il ſent de plus en plus accroiſtre ſon deſir;
Son cœur paſſionné brule d'impatiance;
Helas! que fera-t'il? il n'a point connoiſſance
De l'aimable ſujet qui cauſe ſon tourmant:
Le peu d'eſpoir qu'il a trouble ſon jugemant;
Ce qu'il a tant aimé commence à lui deplaire;
Il quitte le ſejour de ce bois ſolitaire;
L'Amour ne permèt pas qu'il puiſſe y demeurer;
Il court après l'objet qui le fait endurer;

Il apprend que sa Nimphe à le nom de DIANE;
Que l'Amour est pour elle une chose profane;
Que toujours son humeur la tient en action,
Et ne se peut soufmettre à d'autre passion
Qu'a celle de la chasse, où toute la journée
Auecque du transport on la voit addonnée:
Il la suit dans les bois lors qu'elle va chasser,
Et quand il sçait l'endroit où le cerf doit passer
Il se tient bien-heureux d'en aduertir la belle;
Mais quoi qu'il puisse faire il est mal auec elle;
En vain cet Amoureux s'en va toutes les nuits
Lui conter ses douleurs, & ses trop longs ennuis
Sur les cordes d'un lut qui semble aussi se plaindre;
Il est au desespoir, son feu ne peut s'éteindre
Pour toutes les froideurs d'une ingratte beauté;
Au lieu de se guerir plus il est tourmanté
Plus il est amoureux, tant la celeste flame
De l'Enfant de Venus est éprise en son ame.
  Le Soleil par trois fois auoit donné l'esté
Depuis le jour fatal de sa captiuité:
Il se lasse de viure en de si grandes peines,
Et voyant que toujours ses recherches sont vaines,
Pour la derniere fois il veut voir le sejour
Où son cœur fut sous-mis à l'empire d'Amour:
Là son plaisir passé reuient en sa mémoire,
Et dans l'ennui qu'il souffre il a peine de croire
D'estre ce Theolite autrefois tant heureux;
Il conte la douleur de son cœur amoureux

A la mesme forest qui dessous son feüillage
Auoit vu la Fortune à ses pieds faire hommage
Alors que possesseur des plus rares plaisirs
Il auoit oublié l'usage des desirs :
La pitoyable Echo d'un mesme mal atteinte
Soupire comme lui faisant la mesme plainte ;
Parfois il dit Diane appaisez vos rigueurs ;
Echo répond Diane appaisez vos rigueurs ;
Theolite est raui d'ouir cette Déesse
Inuoquer comme lui le nom de sa maitresse ;
Pourtant il n'oze pas dauentage esperer,
Et commençant encor plus fort à soupirer
Il dit, las ! Theolite il est temps que tu meure ;
Echo redit de mesme il est temps que tu meure :
Déja sans mouuemant il s'en alloit mourir,
Mais l'Amour par pitié le voulut secourir :
Diane alloit chasser une beste sauuage ;
Ce Dieu se met au guèt, & la prend au passage ;
Elle a le coup au cœur, & ressent du tourmant
D'auoir esté si rude à son fidelle Amant ;
Elle quitte aussi-tost la chasse commencée,
Theolite pour lors est sa seule pensée ;
O Dieux quel changemant ! au lieu de cet orgueil
Qui la portoit à faire un si mauuais accueil
A ce pauure Amoureux, elle se trouue en peine
De chercher un moyen qui près d'elle l'ameine ;
Elle apprend sa retraite, & l'excez de l'Amour
La conduit dans le bois qui lui sert de sejour ;

Qu'il eut un grand transport quand il la vid paraistre!
Diane a le pouuoir de le faire renaistre;
Il court au deuant d'elle, & d'un ardent baiser
Il sentit tout à coup son ennui s'appaiser:
Himen les ayant vus assis dessus l'herbage
Montrans leurs passions peintes sur leur visage,
Fut touché de pitié de les voir endurer,
Et sans prendre pour lors le soin de se parer
Il les joignit ensemble, & fit que Theolite
Eut une récompence égale à son mérite.

Aussi-tost que DAMON les eut entretenus,
Vous parlastes ERGASTE à l'honneur de Venus,
Et commençant à peine, on vid tout le bocage
S'émouuoir aux apas de votre dous langage.

CINQVIESME CHANT.

DEssus l'art d'aimer,

ERGASTE.

Amans qui languissez sous le pouuoir d'Amour,
Et n'étans plus a vous employez tout un jour
A combatre l'orgueil d'une ingratte maitresse
Qui vous fait acheter une simple caresse
Auecque des deuoirs tellemant ennuyeux
Que vos felicitez n'ont jamais d'enuieux;

Venez

Venez apprendre l'art de gaigner une Belle,
Et flechir à la fin l'humeur la plus cruelle;
Il n'est rien que l'Amour ne puisse surmonter;
Commant un cœur humain pourroit-il resister
Puisque des corps sans ame à ce Dieu font hommage?
Lors que Pigmalion adora son ouvrage
Cette idole immobile après un long ennui
Perdant sa dureté soupira comme lui,
Et changeant sa nature aussi bien que son estre
Elle deuint sensible à l'ardeur de son maistre.
L'esprit d'une bergere est facile à gagner;
Quiconque veut pourtant bien des pleurs épargner
Deuant qu'il vienne à bout d'une telle entreprise,
Il faut que par prudence il donne sa franchise;
Qu'il connoisse l'objet deuant que de l'aimer,
Car ceux qui follemant se laissent enflamer
A tout ce que d'abord leurs yeux jugent aimable
Sont sujets à souffrir une peine incroyable,
Et passer vainemant la fleur de leurs beaux jours
Sans jamais recueillir le fruit de leurs amours;
Mille obstacles diuers retardent leur conqueste;
Toujours quelque enuieux à leur nuire s'apreste,
Faute d'auoir élu quelque douce beauté
Qui se fut contentée en leur captiuité;
Lors que le dous printemps renouuelle la pleine
Les filles vont les soirs dessus les bords de Seine,
Et dançant dessus l'herbe a la fraicheur de l'eau
Allument dans les cœurs un si puissant flambeau

S

Que ce fleuue en son sein ne pourroit pas l'éteindre;
C'est là, jeune berger, que l'on ne doit pas craindre
De manquer d'un sujet conforme à son desir;
Il t'y faut promener, & sagemant choisir
Celle dont la beauté touche le plus ta veuë,
Et qui ne paroist point de douceur depourueuë,
Mais accorte, & gentille, & facile aux amans
Semble les inuiter à conter leurs tourmans:
Lors rends toi familier auprès de cette Belle;
Deuiens son confidant; parle toujours pour elle;
Apprends soigneusemant où paissent ses troupeaux,
Et fais souuent près d'eux ouïr tes chalumeaux;
Offre toi quelquefois d'aller en la prairie
Afin d'auoir les yeux dessus sa bergerie
Alors que quelque affaire ailleurs l'appellera;
Auecque tous ces soins son cœur se gagnera,
Et tu pouras alors auecque moins de crainte
Lui declarer le coup dont ton ame est atteinte:
Que des soupirs de feu témoignent ton ardeur,
Et si par bien-seance elle a de la froideur
Montre lui d'autant plus ta flame immoderée;
Sans doute sa rigueur n'aura pas de durée;
Sois pasle, langoureux, triste, déconforté,
Reproche lui des yeux son trop de cruauté,
Mais que toujours ta bouche ouuerte à la loüange
Compare ses beautez à celles là d'un Ange;
Ie n'estimai jamais ces superbes Amans
Qui blament leur maitresse au fort de leurs tourmãs,

La nomment dédaigneuſe, inſenſible, inhumaine,
Encor qu'ils ſoient tous ſeuls la cauſe de leur peine.
Vn amant doit complaire à la rare Beauté
Qui par ſes dous apas le tient comme enchanté;
En matiere d'amour on n'a rien de rudeſſe;
La douceur fait beaucoup auprès d'une maitreſſe;
Elle a pitié des maus qu'elle voit endurer,
Et ſi dans ton amour tu peux perſeverer
Il ne faut point douter de ta gloire future,
Et de jouir des fruits d'une belle auenture:
Ta Nimphe receura l'Amour victorieux
Auſsi bien dans ſon cœur comme il eſt en ſes yeux,
Et dans l'impatience attendra la journée
Que pour ſon mariage on aura deſtinée.
* ERGASTE auoit parlé; quand MELINTE après luì*
Preſſé des mouuemans de ſon extreme ennui,
A ces gentils bergers témoigna le martire
Que lui donnoit l'Amour ſous ſon cruel empire,
Et lâchant quelques pleurs qu'il ne put retenir
•Commença de la ſorte à les entretenir.

SIXIESME CHANT.

Le depart d'ISABELLE.

MELINTE.

Qve tout parêſſe en dueil au depart d'ISABELLE;
Vous prez qui chaque jour renouueliez pour elle

Le naturel émail de vos plus belles fleurs,
Demeurez deformais fubmergez dans les pleurs
Qui couleront des yeux de la Déeffe Flore,
Et ne vous parez plus au leuer de l'Aurore
De toutes ces beautez où les plus curieux
Mettoient auparauant le Paradis des yeux,
Mais fentant comme moi cette abfence cruelle,
Que tout parêffe en dueil au depart d'ISABELLE.

　　Nimphes qui dans ces lieux faites votre fejour
Pleurez cet accidant, foupirez tout le jour,
Ne dancez plus les foirs aux clairiez de la Lune,
Que par vous les rochers fçachent mon infortune,
Faites de toutes parts retentir votre vois,
Et troublant par vos cris le filence des bois
D'un accent fi piteux contez cette nouuelle
Que tout parêffe en dueil au depart d'ISABELLE.

　　Viues fources d'eau claire, agreables ruiffeaux
Troublez vous maintenant, & couchez vos rofeaux;
Vous arbres qui croiffez dans ce facré bocage
Pour en porter le dueil perdez votre feuillage,
Auffi bien l'Aquilon le doit bien-toft rauir:
Et vous qui prifiez tant l'honneur de la feruir,
O bergers regrettez une fi grande perte;
Que toujours votre bouche aux plaintes foit ouuerte,
Et que vos flageolets changeant auffi de tons
Ne faffent plus ouir que de triftes chanfons,
Et pour complaire en fin à ma douleur mortelle
Que tout parêffe en dueil au depart d'ISABELLE.

Pour moi je suis atteint d'un milion d'ennuis,
Mes yeux trempez de pleurs veillent toutes les nuits;
Le lit m'est importun, ou bien si je sommeille
Vn songe épouuantable aussi-tost me réueille;
Il me semble parfois qu'un monstre furieux
Prest à me deuorer se presente à mes yeux,
Qu'il m'arrache le cœur qui tout tremblant encore
Me montre le beau nom de celle que j'adore;
En regrets, & soupirs je passe tout le jour,
Mes troupeaux mal soignez apprennent mon amour,
Et semble que mes bœufs d'une vois lamentable
Vueillent conter au Ciel ma peine insupportable,
Ie cheris mes douleurs, & fuyant les plaisirs
La tristesse est l'objet qui forme mes desirs;
I'éuite toute chose où mon ame affligée
En ses cruels tourmans peut estre soulagée
Auec autant de soin que l'on fuit le trépas,
Et les seules douleurs ont pour moi des apas.
Vous autres fauoris des filles de Memoire
Dans vos saintes fureurs vous cherchez de la gloire,
Et vos belles chansons dignes des beaux espris
Ne tendent seulemant qu'à vous donner le pris;
Mais pour moi j'ai si peur qu'un mouuemant de joye
Modere les ennuis à qui je suis en proye,
Que je ne voudrois pas demeurer le vainqueur;
Il me plaist seulemant d'entretenir mon cœur
Dedans l'affliction où mon amour m'appelle,
Et parestre attristé du depart d'ISABELLE.

Vous ô diuin Soleil cachez votre clairté
Dans un nuage obscur dessus le vent porté,
Et que d'un tourbillon toutes les fleurs perissent,
Que les arbres tous nus sous son effort gemissent,
Toi gentil rossignol amoureux des chansons
Cesse d'étudier tes diuerses leçons
Pour le Printemps qui vient, aussi bien ton langage
Depuis qu'on t'a par force osté ton pucelage
Paroist trop affetté pour soupirer l'ennui
Que tu gardes toujours de la faute d'autrui.
Pour la derniere fois auprès de cette riue
I'anime les Echos d'une chanson plaintiue,
Puisque l'ennui que j'ai de perdre mes amours
Ne se peut exprimer par les plus grands discours,
Et suffit desormais à mon ardeur fidelle
Que tout parêsse en dueil au depart d'ISABELLE.
  Ainsi ce grand Pasteur cessa de discourir
De l'extreme tourmant qui le faisoit mourir:
Muses qui du passé sauez les auentures
Comme vous penetrez dans les choses futures
Secourez mon esprit en ces sujets diuers
Qui presque ont épuisé la source de mes vers,
Et dessus ce papier pour moi venez écrire
Les vers que LIZIDOR aux bergers voulut dire.

SEPTIESME CHANT.

La fable de la Nimphe Phillire fille de
l'Ocean & mere de Chiron
Centaure.

LIZIDOR.

Vous dirai-je ô pasteurs comme un jeune berger
   Amoureux d'Anémone, en fleur se vid chãger
Par la pitié des Dieux qui touchez de sa peine
Le rendirent aimable à sa belle inhumaine,
Et lui firent porter le nom de la Beauté
Qui dessous son pouuoir tenoit sa liberté?
La fable de Phillire est plus en ma memoire
Qui d'un prodige étrange, & difficile à croire
De Nimphe deuint arbre, & croissant vers les Cieux
Fit par tout admirer le grand pouuoir des Dieux;
Ie la réciterai si chacun fauorise
D'un paisible silence une telle entreprise.
   Le second Ocean qui dedans l'vniuers
Voit sa race épanduë en mille lieux diuers,
Eut jadis une fille en beauté nompareille;
Iamais il n'a produit de plus rare merueille,
Et l'admirable éclat de ses riches tresors
N'a rien de comparable aux traits d'un si beau corps;

On la nommoit *Phillire*, & bien-toſt tout le monde
Reconnoiſſant ſa grace à nulle autre ſeconde
Sembla n'auoir des yeux qu'afin de l'adorer;
Parfois auprès d'une fleuue elle alloit ſe parer,
Et fiere de ſes dons conſultoit ſon riuage
Pour voir combien ſon art lui donnoit d'auentage:
Vn jour qu'elle auoit mis ſes plus riches habits,
Et que les diamans, les perles, les rubis,
Paroiſſant en leur luſtre autour de cette Belle
Sembloient pour la beauté diſputer auec elle,
Saturne l'apperçeut, & reſſentit au cœur
Les redoutables coups de l'Amour ſon vainqueur;
L'inſatiable faim d'aneantir ſa race
Ne le fait plus courir deſſus les monts de Thrace;
Lors ſon fils Iupiter ſe vid en ſureté;
La douceur de Venus fléchit ſa cruauté;
Ce Dieu ne penſe plus qu'a poſſeder Phillire;
Il préfere un tel bien aux grandeurs d'un Empire,
Et ne peut refuſer à ſon nouueau deſir
De rechercher près d'elle un extreme plaiſir.

   Belle Nimphe, dit-il, qui comme une Déeſſe
Eſtes digne qu'un Dieu vous prenne pour maitreſſe,
Ie viens nouuel eſclaue offrir ma liberté
Aux aimables apas dont je ſuis enchanté;
Votre beauté me brule, & par ſa violence
Me fait ſouffrir des maux ennemis du ſilence:
Ie ne puis déguiſer les douleurs que je ſens;
Que vos yeux mes vainqueurs deuiennēt moïs puiſſãs;
                                        Que

Que mes feux soient plus lents, & que votre visage
Relasche tant soit peu les nœuds de mon seruage;
Lors peut estre pourrai-je aimer secretemant,
Et sans faire de plainte endurer mon tourmant;
Si je pouuois mourir, & si les destinées
Auoient prescrit aux Dieux certain nŏbre d'années,
Ie choisirois plutost de terminer mes jours,
  Que de vous ennuyer en contant mes amours ;
Toutefois, ô mon cœur, j'ai de la peine à croire
  Que de faire un discours qui tourne à votre gloire,
Chanter votre triomphe, adorer vos apas
Ce soit estre coupable , & digne du trépas ;
  Que ce soit offencer une Nimphe si belle
  Que de lui témoigner que l'on souffre pour elle;
L'amour est une injure aux laides seulemant ;
On ne peut vous blamer de cherir un amant;
Non, non, belle Phillire, il faut banir la crainte;
Si de mes passions vous paressez atteinte
Vous serez venerable à la posterité,
Et chacun vous tiendra pour une deité;
Dessus toutes vos sœurs vous aurez l'auentage,
Et moi qui me plairai dans un si beau seruage
Vous donnant les plaisirs les plus delicieux
Ie vous ferai sentir ce que peuuent les Dieux.

   Ainsi cet Amoureux découurit son courage;
Phillire se rendit à ce diuin langage,
Et Saturne déja d'un dous embrassemant
Alloit dedans la joye abismer son tourmant,

                                   T

Quand songeant à sa femme il sentit dans son ame
Les glaçons de la peur s'opposer à sa flame;
Il craint d'estre apperceu dans un si dous larcin,
Et qu'un fort ennemi ne trouble son dessein;
Mais, ô puissant Amour, que tu trompes le monde!
Et qu'en inuentions ta puissance est feconde!
Ce fut par ton moyen qu'allant à trauers l'eau
Vn Dieu rauit Europe en forme de toreau;
De mesme cet Amant pressé de son martire
En cheual se changea pour jouïr de Phillire;
Depuis lors que la lune eust fait dix fois son cours
La Nimphe mit au jour le fruit de ses amours;
Tu naquis, ô Chiron, homme, & cheual ensemble;
Vn prodige nouueau deux natures assemble;
Ton ame a toutefois des sentimans humains;
Ton visage est d'un home, & tes bras, & tes mains;
Iusqu'au ventre tu tiens de l'humaine nature,
Mais par de là Chiron tu changes de figure;
Tout le reste est le corps d'un plus rude animal,
Et l'on te prend de loin pour un homme à cheual:
Ta mere en te voyant ne receut point de joye;
Tant s'en faut aux ennuis elle se donne en proye;
Ne peut te regarder qu'auec de la douleur;
Trop sensible à la honte elle plaint son malheur,
Et regrette qu'un monstre ait pris naissance d'elle;
En fin à son secours les grands Dieux elle appelle;
Leur conte sa misere, & d'un cœur attristé
Trouue de la faueur près de leur majesté;

Monarques éternels de la terre, & de l'onde
Qui, dit-elle, voyez en quels soucis j'abonde,
Faites changer Phillire en quelque corps nouueau;
A peine elle auoit dit qu'elle vid un rameau
Sortir de ses cheueux qui ne sont que feuillage;
Ses bras qu'elle éleuoit sont changez en branchage;
Ses pieds prennent racine, ils ne peuuent aller,
Et voulant faire un pas ne font que s'ébranler;
Vne écorce les couure, & la Nimphe affligée
Par la bonté des Dieux en Tilleul fut changée.

　　Ainsi dit Lizidor d'un accent si charmant
Qu'il fut fauorisé de l'applaudissemant
Des plus fameux pasteurs rauis de ces merueilles,
Et Tarcis recherchant des graces nompareilles
Pour orner son discours commença de chanter
Quand on eut fait silence afin de l'écouter.

HVITIESME CHANT.

Fable des Indiens touchant l'Arbre Triste.

TARCIS.

Venez doctes bergers c'est pour vo° que les Muses
Ont dedans mon esprit leurs sciences infuses;
Elles m'ont inspiré je ne sçai quoi de beau
Qui me porte à vous dire un miracle nouueau;

Aux Indes d'Oriant un arbre prend naiſſance
Qui produit tous les jours des fleurs en abondauce;
Mais ſi toſt que l'Aurore anonce que le jour
Auecque le Soleil va faire ſon retour
Il les laiſſe tomber , & la terre couuerte
De toutes ſes beautez s'enrichit de ſa perte :
Les peuples de Goa de ces fleurs curieux
Plantent ſoigneuſemant cet arbre en mille lieux;
Le gardent dans leurs courts , & portez d'allegreſſe
Peuuent tous les matins jouir de ſa richeſſe.

Vous eſpris curieux qui par des ſoins diuers
Apprenez les ſecrets de ce grand vniuers,
Vous ſauez d'où procede une telle auenture
Qui ſemble eſtre vraimant un prodige en nature,
De voir que le Soleil dont la douce clarté
Donne par ſes rayons de la fertilité,
Mette cet arbre en dueil, & la nuit au contraire
Puiſſe bien rétablir ce qu'il a pu deffaire.

Vn Seigneur Indien de grande autorité
Fut pere d'une fille admirable en beauté,
Et qui parut de grace , & d'attrais ſi pourueuë
Qu'il la faloit aimer ſi toſt qu'on l'auoit veuë;
Tu la vis, Apollon, & reſſentis au cœur
Le flambeau de l'Amour tant de fois ton vainqueur;
Tes cheuaux fatiguez de la courſe du monde
Déja ſe reſſentoient de la fraiſcheur de l'onde;
Tu les preſſes d'aller, & de finir le jour
Afin de viſiter l'objet de ton amour;

Aussi-tost que tu fus au bout de ta carriere
Tu vins dessus la terre auec moins de lumiere
Que tu n'auois au Ciel, & courus prontemant
Adorer la beauté qui causoit ton tourmant :
Elle étoit toute seule, & presque demi-nuë
Il sembloit que la Belle attendist ta venuë ;
Elle alloit se baigner dans le fleuue du lieu ;
Qui pourroit refuser l'amour d'un si beau Dieu ?
Les Graces, les plaisirs, & les Amours te suiuent ;
Si tost qu'elle te voit tes charmes la captiuent ;
Tes regards amoureux lui font autant de coups ;
Que pouroit elle faire en des assauts si dous ?
Elle te tend les bras sans pouuoir se deffendre,
Et treuue assuremant de la gloire à se rendre ;
Vn nuage couurit vos jeux, & vos plaisirs ;
Pour elle quelques jours brulerent tes desirs,
Et ta belle Déesse en son bon-heur rauie
Employoit doucemant le printemps de sa vie ;
Mais bien-tost ces douceurs virent borner leur cours ;
Le dirai-je Apollon ? tu trahis tes amours,
Tu laissas cette Belle, & méprisant sa flame
Permis qu'un autre fille eust pouuoir sur ton ame.
Helas qu'elle pleura ton infidelité !
Elle n'a plus de soin de sa rare beauté ;
Ses cheueux qu'elle arrache auecque violance
Te reprochent sans cesse une telle inconstance ;
Les larmes, les soupirs, les plaintes, les ennuis
Sont le seul entretien qu'elle a toutes les nuits ;

Et lors que l'Oriant brille à ton arriuée
Tu vois que deuant toi la Belle s'est leuée;
Qu'elle maudit ton nom, & les larmes aux yeux
Te dit, bien qu'a regret, le plus traistre des Dieux:.
La honte de ta faute obscurcit ton visage,
Et de l'eau de ses pleurs tu tires un nuage
Pour lui rauir ta veuë, & dans l'obscurité
Cacher les vains attrais de ta fiere beauté.
Dans les rudes assauts d'une douleur mortelle
En fin le desespoir resolut cette Belle
D'abandonner sa vie aux rigueurs de la mort,
Au cher pris de son sang cherchant du réconfort:
En ce cruel dessein de se faire un outrage
Courant écheuelée où la porte sa rage,
La coste d'un poisson se trouua sous ses pas;
Elle affile sa pointe; & passe du trépas
Qu'elle s'alloit donner profera ces paroles;
Desormais lasche auteur des passions trop foles
Qui me font abréger la course de mes jours,
Entretiens doucemant tes nouuelles amours
Sans craindre que mon dueil, & mes cruels suplices
Troublent par leur fureur tes secrettes delices,
Et que faisant douter de ta fidelité
La Belle que tu sers craigne ta lascheté,
Refroidisse son cœur, méprise ton seruice,
Et me vange de toi par la mesme injustice
Que tu me fais souffrir tant d'extremes douleurs.
Elle jette en parlant un grand fleuue de pleurs,

Et regardant le ciel, Apollon, ce dit-elle,
Voi les dignes effets de ton ame infidelle.
A peine elle acheuoit que se frapant au cœur
Ou l'Amour triomphant demeuroit le vainqueur
Elle tomba mourante, & le grand œil du monde
Rougissant de ce coup se cacha dedans l'onde.

  Les Nimphes de ces lieux pleurant de son malheur
Embrasserent son corps denué de chaleur ;
Le vent en murmurant, les cauernes gemirent;
Les ondes de Goà sur leurs bords s'étendirent;
Tout le peuple y courut, & se sentit toucher
Des trais de la pitié quand il vid le bucher
Où l'on deuoit reduire un si beau corps en cendre;
Les filles sont en pleurs, on ne peut rien entendre
Que de tristes regrets dans ce lieu desolé;
Déja la flame auoit plus qu'a demi brulé
Ce qui restoit encor d'un si diuin ouurage,
Quand le Ciel obscurci fit creuer un nuage,
L'eau tombe en abondance, il se fait un grand bruit,
Le brasier fut éteint, tout le peuple s'enfuit,
Et ne pense rien voir que dès choses funebres;
L'abscence du Soleil faisoit place aux tenebres;
Après ce grand orage on vid de tous costez
Les flambeaux de la nuit répandre leurs clartez;
La lune commençoit sa carriere éternelle,
Et sa face d'argent ne fut jamais plus belle;
Alors chacun reuint pour dresser un tombeau;
  Mais au lieu d'un bucher, un arbre tout nouueau

Se fit voir à leurs yeux chargé de fleurs pareilles
A celle d'un orange, & ces rares merueilles
Rauiſſant leurs eſpris durant beaucoup de jours
Furent le ſeul ſujet de leurs communs diſcours.
Quand la nuit commença de retirer ſes voiles,
Et que l'on vid paſlir la clarté des étoiles
Le peuple curieux de toute nouueauté
En plus grand nombre alors qu'il n'auoit point eſté
Fut retrouuer cet arbre où mille fleurs encore
Diſputoient l'auentage à celles de l'Aurore ;
Leur douce odeur auſſi les faiſoit admirer ; .
Mais lors que le Soleil commença d'éclairer :
Cet arbre en eut horreur ; ſes feuilles ſe fermerent,
Et pour montrer ſon dueil toutes ſes fleurs tŏberent :
Quand ce bel aſtre au ſoir ſe plongea dans les eaux
On vid renaiſtre encor des fleurs à ſes rameaux ;
Il reprit pour la nuit une beauté nouuelle,
Et dedans ce pays l'Arbre-triſte on l'appelle.

Ainſi, gentil TARCIS, parut ta docte vois,
Et l'on vid pour t'ouïr de tous les lieux du bois
Accourir les bergers, & les jeunes bergeres
Bien aiſes de ſauoir les choſes étrangeres,
Et LIRIS après toi d'un agreable ſon
Découurit les treſors de ſa douce chanſon.

NEVF-

NEVFVIESME CHANT.
En faueur de la Paix.

LIRIS.

Deesse des plaisirs en merueilles feconde
Paix descēdez du Ciel sur le bord de cette onde;
Venez en cette troupe, & receuez les vers
Qui vont courir pour vous dans ce grand vniuers:
Au temps que les mortels sans incliner aux vices
Recherchoient seulemant d'innocentes delices;
Que le siecle étoit d'or, & que la liberté
Se rangeoit d'elle-mesme aux lois de l'équité
Vous demeuriez en terre ainsi qu'une Déesse
Qui donnoit toute chose auec de l'allegresse;
C'étoit lors votre régne, & d'un ordre tresbeau
Vous gouuerniez le monde encore tout nouueau;
Mais depuis que le fer eut apporté la guerre,
Que le vice couurit la face de la terre,
Et qu'on vid le plus foible opprimé du plus fort
Seruir injustemant de victime à la mort,
Les champs tachez de sang sentirent votre absence,
Et la tranquilité fit place à l'insolence;
Déesse toutefois vous auez tant d'amour
Que vous auez quité le celeste sejour
Quand les peuples lassez de leur propre manie
Ont en vous inuoquant la discorde banie;

V

Vous estes reuenuë en ces terrestres lieux
Apportant le repos dont on jouït aux Cieux ;
Votre plaisant retour a rétabli les pleines ;
Par vous les laboureurs ont le fruit de leurs peines,
Et l'arbre de Bacchus chargé de ses raisins
Paroist en seureté sans craindre ses voisins ;
Le soldat affamé ne cherche plus de proye ;
Les pasteurs amoureux, & transportez de joye
Animent la musette à l'ombre des buissons ;
L'air par tout retentit de leurs douces chansons ;
Les troupeaux cependant deliurez du pillage
Ne craignent que les loups dedans le paturage ;
On se promeine aux champs auecque seureté ;
La Iustice reuient en son autorité ;
Les arts mieux cultiuez en leur lustre paroissent ;
On refait les maisons, & les villes s'acroissent ;
Les jeux, & les plaisirs y régnent à leur tour ;
Seulemant pour dancer on se sert de tambour,
Et les plus grands Seigneurs au milieu des delices
Montrent leur opulence en de beaux édifices.

O Paix fille du Ciel ce sont là vos bien-faits ;
Puißiez vous dans ces lieux demeurer à jamais ;
Quand la fureur de Mars a bien fait du rauage
La victoire souuant ayant calmé sa rage
Vous a fait reuenir pour réparer le tort
Que l'on auoit receu de son injuste effort :
I'espere que de mesme après bien des injures
Qu'il nous faut endurer de nos peuples parjures,

LE ROI *victorieux des ennemis de Dieu*
Fera qu'en ses pays le peuple en chaque lieu
Iouïra de vos dons, & que bien-tost la France
Aura de toute chose une grande abondance.

Il parla de la sorte en faueur de la PAIX,
Et lors le docte ARGIS auecque des attrais
Que le commun n'a pas desireux de la gloire
En son ordre tascha d'obtenir la victoire.

DIXIESME CHANT.

Les Amours de Mercure pour Philoé fille d'un
Druide, & la fable de l'Echo de Charenton.

ARGIS.

ON *tient que ce pays fauorisé des Cieux*
Produisit autrefois un homme égal aux Dieux
Qui fut un grand Druide aimé de tout le monde;
Son ame paroissoit en sciences feconde;
Les secrets plus cachez de ce grand vniuers
Par ses yeux clairuoyans se virent découuers;
Son illustre sauoir le rendoit venerable;
Cet homme n'auoit rien qui ne fut desirable;
Mercure se plaisoit a l'ouïr discourir,
Et rien ne se pouuoit dauentage cherir
Qu'il étoit de ce Dieu qui prenoit bien la peine
De le voir tous les jours dessus le bord de Seine
Qui de son petit train étoit lors habité
Où l'on voit maintenant toute l'impieté

V ÿ

Paroiftre dans un temple , & de mille blafphêmes
Profaner du grand Dieu les puiffances fuprêmes:
Mais qu'Amour eft nuifible en fon dereglemant!
Mercure qui fans feinte aimoit fi cheremant
Vn fi grand Philofophe à jamais memorable,
Apperceut Philoé chef d'œuure incomparable
Où nature auoit mis fes plus riches trefors;
Il demeure ébloui de voir un fi beau corps,
Et tafche vainémant de faire refiftance;
Le refpect du Druide a trop peu de puiffance
Pour ofter de fon cœur fes injuftes defirs;
C'eft par eux feulemant qu'il attend des plaifirs;
Feignant de voir le pere il vifite la fille,
Et cherche indignemant de perdre une famille
Dont il eft obligé de conferuer l'honneur,
Et d'ami qu'il étoit il deuient fuborneur.

Vn jour que toute feule il trouua cette Belle
Il difcourut ainfi de fon amour nouuelle;
Ma Déeffe, dit-il, je ne vous ferai pas
Vn difcours fuperflu de vos puiffans apas,
Et comme tous les yeux vous doiuent faire hômage;
Vous connoiffez tres-bien quel eft votre vifage;
Et pour moi mon amour m'empefche d'en douter;
Il n'eft rien que vos trais ne puiffent furmonter;
Ie fuis votre captif, & je fens dans mon ame
Les premieres fureurs d'une naiffante flame;
Le jour que vos beaux yeux triompherent de moi
D'un fermant folennel je vous donnai ma foi,

Et maintenant encor je fais cette promesse
De ne bruler jamais pour une autre Maitresse ;
Vous sauez que ma gloire éclate en chaque lieu,
Et vous n'ignorez pas que je suis un grand Dieu
Issu de Iupiter qui lance le tonnerre,
Et fait d'un seul clin d'œil trembler toute la terre ;
Si pour vous proposer toutes ces vanitez
Ie ne puis rien gagner auprès de vos beautez,
Vous vous rendrez peut-estre à mille gentillesses
Qui m'ont fait estimer des plus grandes Deesses ;
La lire doit son estre à mon inuention ;
Vous ne deuez pas craindre en cette affection
Que votre honneur reçoiue aucune violence ;
Ie suis nommé par tout le Dieu de l'Eloquence ;
On croit ce que je veux ; je sçai persuader,
Et je puis par mon art toute chose farder :
Si vous apprehendez qu'au milieu de la joye,
Et durant nos ébas quelque ennemi nous voye,
Qu'un si petit sujet ne vous empesche pas ;
Argus qui de ma main a receu le trépas
Veilloit auec cent yeux la Nimphe de mon pere,
Et pour la deliurer de sa longue misere
D'un art ingenieux je les endormi tous ;
Croyez que je ferai le semblable pour vous.

　　Mercure eust poursuiui de tenir ce langage
Si la Belle un peu rouge, & changeant de visage
Ne l'eust interrompu dans ce libre discours
Pour lui rauir l'espoir d'obtenir du secours ;

Sans doute sa pudeur eust receu trop d'offence
De souffrir sans mot dire une telle licence ;
Aussi repartit elle en vain vous me tantez ;
Ie fui plus que la mort les impudicitez ;
Ce infames plaisirs sont la perte de l'ame ;
Mon cœur ne veut bruler que d'une chaste flame,
Votre regard m'offence, & m'oste le repos,
Et je ne puis ouyr de si sales propos.
A peine elle acheuoit qu'elle se mit en fuite,
Et Diane aussi-tost eut soin de sa conduite ;
Mercure cependant viuemant agité
A tous les mouuemans d'un homme transporté ;
Il est tout furieux, & sa vague pensée
Se rendant complaisante à son ame oppressée
Par dix mille moyens tasche à le contenter ;
Mais pas un toutefois ne le peut arrester,
Ni le faire resoudre à choisir quelque chose
Qui le puisse conduire au bien qu'il se propose :
Dans les plus grands assauts de son extreme ennui
Il apprend qu'un riual est mieux venu que lui
Auprès de la beauté qui cause son martire ;
Le dueil qu'il eut alors ne peut pas bien s'écrire ;
Son ame est sans relasche en ce nouueau tourmant ;
Il veut sauoir le nom de cet heureux amant
A dessein de lui nuire, & par quelque finesse
Ruiner sa fortune auprès de sa maitresse :
Philoé receuoit un singulier plaisir
De gouuerner Doris son unique desir ;

C'étoit fa confidente, & la Nimphe fidelle
Qui meritoit d'oüir les fecrets de la Belle;
Ce Dieu s'en veut feruir pour fe rendre affuré
S'il eft vrai qu'un mortel foit à lui preferé;
Il cajole Doris, & la preffe de dire
Quel eft l'ambitieux qui follemant afpire
A ranger Philoé fous le pouuoir d'Amour;
Si la Belle permet qu'il lui faffe la cour,
Et fi le grand Druide en a la connoiffance;
Mais il déploye en vain toute fon eloquance;
La Nimphe fait la fourde a fa fubtilité,
Et jamais il ne put tirer la verité;
Il paflit de colere, & poffedé de rage,
Qui le pourroit penfer? il fe jette au vifage
De la jeune Doris, & trop injurieux
Offença des beautez qui charmoient tous les yeux;
Il donna tant de coups, & l'outragea de forte
Qu'elle tomba pâmée, & parut comme morte;
Vne telle frayeur à l'heure la furprit
Que depuis on ne put remettre fon efprit;
Elle fuyoit le monde, & couroit infenfée
Selon les mouuemans dont elle étoit pouffée;
Se fouuenant toujours des maux demefurez
Que pour eftre fecrette elle auoit endurez,
De peur de retomber dans un mal qui fut pire
La Nimphe redifoit tout ce qu'elle oyoit dire;
Si quelqu'un lui crioit, Doris où fuyez vous;
De mefme elle difoit, Doris où fuyez vous;

C'étoit tout l'entretien de cette miserable;
Son mal de plus en plus deuenoit incurable;
Après tant de trauaux ne pouuant plus marcher,
Et n'ayant que les os elle alla se cacher
Dedans un antre obscur sous une voûte humide
Assez près du logis de ce fameux Druide;
Ceux qui passoient par là l'entendoient soupirer;
Philoé l'y chercha pensant l'en retirer,
Et ne pouuant trouuer l'endroit qui la recelle,
O ma chere Doris qui vous retient? dit-elle;
Ie vous entends parler, & vous ne venez pas;
Mon amitié pour vous n'a t'elle plus d'apas?
Pourquoi vous cachez vous lors que je vous appelle?
Et quel sujet vous porte à m'estre si cruelle?
La Nimphe qui déja n'étoit plus qu'une vois
Dans son antre secret répetoit douze fois
Tout ce qu'elle oyoit dire, & ne pouuant rien taire
Hayssoit le silence à son bien trop contraire:
Philoé pleura tant que se laissant secher
Son corps deuant si dous ne fut plus qu'un rocher
Lors que Doris perit, & que dans sa ruine
L'Echo de Charenton receut son origine.

     Ainsi d'un vers pompeux, & d'un sujet nouueau
Ce Pasteur publia ce qu'il auoit de beau,
Et lors qu'il eut mis fin à ce diuin langage
Aminte aussi voulut éprouuer son courage,
Et disputant le rang à tant de grands esprits
Oza bien s'efforcer de gagner un des pris.

VNZIESME CHANT.
Les Eloges de l'Eloquence.

AMINTE.

Toi qui fis autrefois deſſus le mont Timole
Retentir les beaux airs de ta douce parole,
Et du ſon de ta lyre enchantant les oyſeaux
Triomphas du Dieu Pan, & de ſes chalumeaux ;
Fauoriſe, Apollon, ma genereuſe audace ;
Ie viens nouueau poëte imiter à la trace
Ce que les plus fameux ont autrefois chanté,
Et flattant mon eſprit de l'immortalité
Des vers que je compoſe, & de laiſſer ma gloire
Dans le plus digne lieu du temple de Memoire
Ie trauaille ſans ceſſe, & fais tous mes efforts
D'expoſer dignemant tes plus riches treſors.
    Vous Reine des mortels, ô diuine Eloquence
Qui voyez l'vniuers deſſous votre puiſſance,
Vous pouuez ayſémant par vos inuentions
Faire éclater mon nom entre les nations ;
Vos extrémes douceurs charment la fantaiſie ;
Inſpirez voſtre eſprit dedans ma poëſie ;
Mon chant s'adreſſe à vous, & s'en va vous louër
Si toſt que vous ferez ſigne de l'auouër ;
Mais je ne puis ſans crime attendre dauentage ;
Déja votre preſence échauffe mon courage,

X

Et me fait conceuoir les plus rares beautez
Dont les plus forts esprits sont par vous enchantez;
Ie sens dedans moi-mesme une diuine flame
Qui plus que de coûtume a transporté mon ame,
Vn mouuemant d'esprit que je ne puis donter
Me presse de vous plaire, & m'anime à chanter;
Tout le chœur des neuf sœurs me porte à vos loüanges,
Et je ne puis celer vos merueilles étranges.

　　Notre Hercule gaulois dedans l'antiquité
Ietta les fondemans d'une grande Cité
Attirant après lui par des chaisnes dorées
Des hommes dispercez les troupes égarées:
Toutes ces chaisnes d'or n'étoient rien seulemant
Qu'un fluide discours qui couloit doucemant
De la bouche d'Hercule, & par vos puissans charmes
Faisoit au plus brutal abandonner les armes;
Par vous, chere Eloquence, il surmontoit les Rois;
Les peuples de leur gré rangez dessous ses lois
Cherissoient sa conduite, & laissoient pour le fuiure
Leur naturel sauuage, & leurs façons de viure:
Lors ils furent polis en toutes sortes d'arts;
La gloire de Pallas s'accrut de toutes parts;
Auec un plus bel ordre on cultiua la terre;
Hercule dissipa les semences de guerre,
Et la Gaule soumise à ses graues discours
Vid le commencemant de ses plus heureux jours.

　　Mere de la science, ô bel art que j'admire
Mes vers à vous loüer ne peuuent pas suffire,

Et mon esprit par trop du sujet surmonté
Ne peut representer toute votre beauté;
C'est vous qui consolez les ames affligées;
Par vous de leurs ennuis elles sont soulagées;
Vous sauez releuer un courage abatu;
Vous grauez en nos cœurs l'amour de la vertu;
Vous détruisez le vice, & ruinant ses forces
Découurez à nos yeux ses trompeuses amorces;
Vous calmez la fureur des hommes couroucez,
Et par vos mouuemans ils se trouuent forcez
D'exercer la clemence au lieu que leur courage
Ne s'étoit proposé que des effets de rage;
Vous temperez l'ardeur de nos plus chauds desirs,
Et donnez une horreur des infames plaisirs;
Vous assurez des grands la royale puissance,
Et maintenez le peuple en leur obeïssance;
Par tout où vous voulez vous entraisnez les cœurs;
Toujours vos dous efforts demeurent les vainqueurs,
Le sort à votre gré des grands honneurs dispose,
Et selon vos desseins vous tournez toute chose;
Vous donnez le salaire aux belles actions;
Vous sauez émouuoir toutes nos passions;
Par vous la verité se maintient dans le monde;
En fin votre pouuoir en miracles abonde.
Que vos adorateurs soient toujours bien-heureux;
Que les riches tresors n'éclatent que pour eux;
Que toujours la Fortune à leurs desirs soumise
Ne puisse toutefois captiuer leur franchise,

Et que leurs noms fameux dedans un art ſi beau
Puiſſent facilemant s'affranchir du tombeau.

 Aminte de la ſorte éprouua la fortune
Afin de partager à la gloire commune;
Nul berger après lui n'oza ſe preſenter
Pour montrer ſon adreſſe en l'art de bien chanter,
Et déja l'aſſemblée auec impatience
Attendoit que Silvan d'une juſte ſentence
Declaraſt franchement les deux victorieux;
 Quand ce fameux Paſteur ayant jetté les yeux
Deſſus les prétendans d'une vois aſſez forte
Pour l'âge qu'il auoit leur parla de la ſorte.

S I L V A N.

Admirables Bergers il n'eſt rien de plus dous
Que les vers merueilleux qu'on voit ſortir de vous,
Et ſi je ne me trompe , une choſe ſi belle
Vous doit faire acquerir une gloire immortelle;
Ie ſens je ne ſçai quoi qui charmant mes eſpris
Me fait douter a qui je donnerai le pris;
Vos diuines chanſons ont raui mes oreilles,
Et tous vous auez dit des choſes nompareilles.
Il arriue par fois que de mille tableaux
On eſt bien empeſché de choiſir les plus beaux,
Tant ils ſont accomplis , & tant le peintre excelle
A donner aux ſujets leur grace naturelle:
De meſme maintenant j'ai beau conſiderer
Ie ne remarque rien qui ſoit à preferer;

Vous estes tous égaux , & si l'on me veut croire,
Vous emporterez tous une pareille gloire.

A peine il auoit dit , qu'un grand bruit s'éleua,
Et le Chœur des bergers ce conseil approuua ;
SILVAN le fit exprès de crainte que l'enuie
N'entreprit de troubler leur innocente vie :
On porta les deux prix auec solennité
Dans vn superbe lieu de peu de gens hanté
Où ces Chantres fameux dedans la solitude
Ensemble conferoient des fruits de leur étude,
Pour laisser une marque afin qu'à l'aduenir
D'un si digne triomphe on se put souuenir.

Déja le beau Soleil auoit fini sa course,
Et laissoit à leur tour briller les feux de l'ourse;
Chacun laissa du bois l'agreable sejour ;
Le souper déja prest attendoit le retour
De tous les conuiez qui ne tarderent guere
D'éprouuer le plaisir qui suit la bonne chere.
Ie décrirois au long ce qu'on fit là de beau
Si je n'étois pressé par un dessein nouueau
D'acheuer mon ouurage , & laisser cette gloire
A ceux qui mieux que moi sçauent l'art de bien boire:
Après auoir passé la moitié de la nuit
Le bien-heureux DAPHNIS fit enleuer sans bruit
Sa chere COLLIRE'E, & courut après elle
Pour receuoir les fruits de son amour fidelle :
On s'apperçeut bien tost de ce tour d'Amoureux ;
Tous les jeunes bergers faisans des vœux pour eux

Allerent où la Belle auoit esté menée,
Et l'on chanta ces vers en l'honneur d'Himenée.

CELIDOR.

La nuit s'auance fort, & déja ses flambeaux
Sont prests de visiter l'humide sein des eaux ;
Accourez grand Himen, & venez fauorable
Ioindre sous votre joug ce couple incomparable.

*   Paressez maintenant en vos plus beaux habis ;*
Faites briller ici l'éclat de vos rubis ;
Que l'or dessus la soye étale sa richesse ;
Attirez les plaisirs, amenez l'allegresse ;
Conduisez par la main la Déesse de Paix,
Et que nos deux Amans ressentent ses effaits ;
Que la felicité compagne de leur vie
Régne toujours chez eux loin des yeux de l'enuie ;
Quelques vœux que l'on fasse on ne peut souhaiter
Rien au dessus des biens qu'on leur voit meriter ;
Dépeschez grand Himen de venir fauorable
Ioindre sous votre joug ce couple incomparable.

*   Ces fidelles Amans n'attendent plus que vous ;*
Qu'Amour d'one à leurs vœux ce qu'il a de plus dous ;
Il les faut mettre au lit pour terminer la peine
Qui leur a fait souffrir la fortune inhumaine,
Et que DAPHNIS *enfin plus doucement traité*
Reçoiue ce qu'on doit à sa fidelité ;
Accourez dous Himen, & venez fauorable
Ioindre sous votre joug ce couple incomparable.

Quand vous serez couchez ô bien heureux Amans
Ne vous oubliez pas dans vos embrassemans;
Vous belle COLLIRE'E *au milieu des delices*
Où DAPHNIS *receura le pris de ses seruices*
Gardez d'estre rebelle, & de lui refuser
Le precieux tresor dont il doit disposer;
Qu'une suite d'enfans tous semblables au pere
Vous honore bien tost du beau titre de mere;
Pour vous gentil DAPHNIS *il ne faut plus aussi*
Que de petis desseins vous donnent du souci;
Vous laisserez aller les garçons du vilage
Qui vont prendre des fruits hors de leur voisinage,
Et dedans les pâtis ayans mis leurs troupeaux
D'un œil toujours tandu cherchĕt des nids d'oyseaux,
Ou font ouyr leur flute en les regardant paistre;
Dedans vn autre rang on vous verra parestre;
Berger tenez vous prest vous oyez cette fois
Comme de toutes parts on crie a haute vois
Accourez dous Himen, *& venez fauorable*
Ioindre sous votre joug ce couple incomparable.

   Filles, jeunes garçons venez jetter des fleurs
Sur le seuil de la chambre où parmi des douceurs
Qu'on ne peut exprimer ces deux Amans joüissent
De l'effet de leurs vœux qu'ensemble ils accõplissent:
Pour la derniere fois résonez instrumans,
Et pour prendre congé de ces heureux Amans
Chantez auecque nous qu'un Himen *fauorable*
A joint dessous son joug ce couple incomparable.

Ainsi dit Celidor, *& lors qu'il eut cessé*
Le monde que la dance auoit un peu lassé
Laissa les mariez dedans leur jouissance,
Et fit à la clameur succeder le silance.
Voi-la l'heureuse fin de leurs trauaux diuers;
Il est temps d'arrester la source de mes vers,
Et laisser ces Amans dans leurs dous exercices
Sans vouloir declarer leurs secretes delices.

I'ai terminé cette œuure en faueur de l'Amour
Cependant que la guerre entretenoit la Cour,
Et que Lovis le jvste *enuironné de gloire*
Emportoit sur l'Anglois une belle victoire;
Que dans l'Isle de Ré theatre des combas
L'on voyoit dans le sang nos ennemis à bas,
Et que la mer sanglante après un tel carnage
Iettoit auec horreur leurs corps sur son riuage;
Que leurs Canons conquis entroient dedans Paris,
Et que tous les drapeaux que nos gens auoient pris
Dans son Temple étoient mis pour éternelle marque
Du triomphe fameux de notre grand Monarque.
Il faut que desormais je porte mon esprit
A tracer les desseins d'un plus solide écrit;
Toute chose a son temps, & selon la lumiere
Que l'âge nous aporte on change de matiere.
Agreable Campagne, Antres, Bois, & ruisseaux
Bergeres, & Bergers, flutes, & chalumeaux
Qui rauissiez mes sens de vos douces merueilles
Assez pour vous chanter j'ai donné de mes veilles.

F   I   N.

SVR LE DEPART DE MADAMOI-
SELLE ANNE DE CENAMY.

ELEGIE.

Paressez, Elegie, en vos habits de dueil;
A nos plus chers plaisirs preparez vn cercueil;
Que nos yeux desormais ne s'ouurẽt pl° qu'aux larmes;
Que les jeux, & le bal perdent pour nous leurs charmes
La belle ANNE s'en va sans espoir de retour
Faire dans l'Italie un eternel séjour.
Pour vous Italiens riez de notre perte,
Que la ville de Lucque aux plaisirs soit ouuerte,
Qu'elle éleue un trofée à l'honneur de l'Amour,
Que ce beau Dieu chez elle établisse sa Cour,
Et qu'elle se prépare auec magnificence
A receuoir bien-tost les délices de France.
   Cher astre de nos jours, nompareille beauté,
Agreable prison de notre liberté,
Pouuez vous vous resoudre à cette departie?
La douleur qui de tous doit estre ressentie
Lors qu'auecques regret nous vous dirons Adieu
Ne vous peut elle point arrester en ce lieu?
Belle ANNE pensez y, retirez nous de peine,
Si vous vous en allez les riues de la Seine
Perdront toutes leurs fleurs; leurs Nimphes s'en irõt,
Et dedans les deserts ce depart pleureront.

                                          Y

Mais qui me fait parler contre un si beau voyage?
Non, non, ne tardez plus; dressez votre équipage;
Allez divine Nimphe, allez trouver celui
Que votre éloignemant fait vivre dans l'ennui;
Avec impatiance il attend la journée
Que se doit consommer votre saint Himenée;
Nous ne meritons pas votre possession;
On estime trop peu votre perfection;
Si la France, ô Beauté, vous eust assez prisée
Vn grand Prince déja vous auroit épousée;
Belle vous meritiez d'auoir un tel épous,
Mais las! nous negligeõs les biens qui sont chez nous,
Ainsi les Indiens méprisent l'excellence
De ces riches tréfors qu'ils ont en abondance.
Adieu diuins Soleils qui sçauez enflamer
Le cœur le moins sensible aux traits qui font aimer,
Adieu cher entretien des ames les plus belles,
Que vos rares beautez puissent estre immortelles,
Que les chemins pour vous se tapissent de fleurs,
Que vos felicitez moderent nos douleurs,
Et que là chaque femme à jamais rende hommage
Aux graces qu'on remarque en votre beau visage.

Table des Poësies conte-nuës dans ces œuures.

LES HIMNES.

LES ELEGIES
Du Liure I.

TABLE.

ELEGIES DV LIV. II.

TABLE.
SONNETS.

Ode sur la mort d'vne Princesse.

EGLOGVES.

TABLE.

Les chants contenus en la 15. Eglogue.

www.ingramcontent.com/pod-product-compliance
Lightning Source LLC
Chambersburg PA
CBHW070859030726
47504CB00005B/1396